충실한 정원사

충실한 정원사

The Faithful Gardener

누구에게나 눈부신 날들을 위한 선물

클라리사 에스테스 지음 | 김나현 옮김

휴먼하우스

새로운 씨앗은

아무것도 없는

빈 땅에서

가장 깊숙이

뿌리 내린다.

C. P. ESTEÉS

차례

축복의 말

우리 가족에게는
예전부터 전해오는 축복의 말이 있다.

"이야기의 밤이 끝날 때
가장 늦게까지 깨어 있는 사람은
누구든 분명
세상에서 가장 현명한 사람이 될 것이다."

그 사람이 당신이 되기를.
우리 모두가 되기를.

C. P. ESTEÉS

충실한 정원사

The
Faithful
Gardener

이 작은 책 안에는 여러 가지 이야기가 들어 있
다. 마치 마트료시카Matriochka 인형처럼 이야기
안에 또 다른 이야기가 들어 있다.

마자르 인(형가리 민족)이자 멕시코 인인 나의 주
변 사람들 사이에는 일상적인 일을 하면서 이야
기를 들려주는 오랜 전통이 있다. 인생을 살아가
면서 가지게 되는 질문들에 대한 해답을 이야기
를 통해 알려주는 것인데, 특히 마음과 영혼에 관

한 것들이 많다. 우리는 이야기를 아주 가까운 친척처럼 생각한다. 그리고 한 사람이 다른 사람을 대화에 끌어들이는 것처럼 어떤 이야기가 다른 특정한 이야기를 불러오는 것을 아주 자연스러운 일처럼 느낀다.

하나의 질문에 대한 답이 몇 가지의 긴 이야기가 될 때까지 이렇게 차례대로 세 번째 이야기를 만들고, 종종 네 번째, 다섯 번째, 때로는 몇 가지 이야기를 더 만들어낸다.[1]

이러한 우리 가족의 소박한 관습에 따르면, 내가 "영원히 죽지 않는 것"에 관한 이야기를 하기에 앞서, 2차 세계대전 때 헝가리에서 살아남은 늙은 소작농인 삼촌의 이야기를 먼저 해야만 하는 이유를 당신은 알 수 있을 것이다.

삼촌은 헝가리의 불타는 숲에서, 그리고 말로 표현할 수 없는 강제수용소에서의 참혹한 기억들 속에서 이 이야기의 본질을 가져왔다. 그는 이 이야기의 씨앗을 3등 선실의 어둠 속에 간직한 채 바다를 건너 미국으로 가져왔고, 미국과 캐나다의 국경선을 따라 펼쳐진 황금빛 들판을 가로지르는 검은 열차를 타고 오는 내내 이 이야기를 가슴속에 고이 품어왔다. 이 모든 일들과 더한 것들을 겪으면서도 그는 마음속 피난처에 이 이야기의 정신을 간직했고, 그의 내부에 존재하는 전쟁의 상처로부터 어떻게든 이야기를 지켜냈다.

그러나 삼촌의 이야기를 하기 전에 삼촌이 내게 들려준 '이 남자'에 관한 이야기를 꼭 해야만 한다. 그는 삼촌이 고국인 헝가리에서 알게 된 늙은 농부로 숲을 파괴하려는 외국 군대로부터 어리고 귀중한 나무들을 지키려고 한 사람이다.

하지만 '이 남자'에 대해서 이야기하려면 먼저 처음에 이야기가 어떻게 생겨났는지부터 말해야 한다. 이야기의 창조가 없었다면 이야기들에 관한 이야기도 없었을 것이고, 나의 삼촌에 관한 이야기도 없었을 것이고, '이 남자'에 관한 이야기도 없었을 것이고, 결국 "영원히 죽지 않는 것"에 관한 이야기도 없었을 것이다. 그리고 이 책의 나머지 페이지들도 가을 무렵의 달처럼 공허하게 남아 있었을 것이다.

우리 가족 중 나이가 많은 사람들은 전통을 실천하는 것을 '이야기 만들기'라고 불렀다. 그것은 주로 신선한 양파와 따뜻한 빵, 매콤한 소시지 향 속에서 이루어졌다. 어른들은 어린아이들이 이야기와 시, 그 밖의 다른 것들을 만들도록 용기를 불어넣어 주었다. 어른들은 서로 마주 보고 웃으며 즐겁게 식사를 하면서 우리에게 말한다.

"네가 어떤 가치 있는 지식을 얻었는지 확인해 봐야겠구나. 이리 오너라, 이리 와서 마음가는 대로 이야기를 들려주렴. 네가 이야기를 얼마나 자유롭게 다루는지를 보자꾸나."

이야기들에 대한 이 이야기는 이렇게 해서 내가 어렸을 때 처음으로 엮어낸 이야기이다.[2]

이야기의 시작
The Creation of Stories

이야기는 처음에 어떻게 생겨났을까?[3]
아, 그건 신이 너무 외로웠기 때문이다.

신이 외로웠다고? 오, 그래. 태초에 바다
와 하늘이 만나는 곳은 아주 어두웠는데, 그
건 눈에 띄는 것 하나 없이 수많은 이야기들
이 빽빽하게 차 있었기 때문이다.

그래서 이야기들은 드러나지 않았고, 신
은 이야기를 찾아 망망대해를 떠돌았다. 그

럴수록 신의 외로움은 점점 커져만 갔다.

그러던 중 마침내 기발한 생각이 떠올랐고, 신은 속삭였다.

"빛이 있으라."

그리하여 빛이 생기자 신은 하늘과 바다가 만나는 곳에 이르러 빛의 이야기에서 어둠의 이야기를 분리했다. 그 결과 밝은 아침에 관한 이야기가 생겨났고 멋진 저녁에 관한 이야기도 생겨났다. 신은 보기에 참으로 좋았다.

이제 신은 용기를 얻어 물의 이야기에서 하늘과 땅의 이야기를 나누었다. 신은 크고 작은 나무와 화려한 빛깔의 씨앗과 식물들을 만드는 데서 커다란 기쁨을 찾았고, 그리하여 나무와 씨앗, 식물에 관한 이야기들도 생겨났다.

신은 기뻐서 웃었고, 그 웃음으로부터 별

들이 떨어졌다. 하늘은 별들의 보금자리가 되어주었다. 신은 황금빛 해를 만들어 하늘에 두고 낮을 다스리게 하고, 은빛의 달을 만들어 하늘에 두고 밤을 다스리게 하였다. 이 모든 것을 신이 창조하였고, 그로 인해 별과 달과 해, 그리고 모든 밤의 신비에 관한 이야기들이 생겨났다.

신이 이에 매우 기뻐하여 새와 바다짐승과 살아 움직이는 모든 것들, 물고기와 바다에서 자라는 식물들, 날개 달린 모든 것과 기어 다니는 것들, 가축과 땅의 짐승들을 만들었다. 이 모든 것들로부터 신의 날개 달린 천사에 관한 이야기, 귀신과 짐승에 관한 이야기, 고래와 물고기에 관한 이야기와 그 밖의 생명을 가진 모든 것들이 같은 날 생겨났다는 것을 스스로 알기도 전에 이들에 관한 이야기가 생겨났다.

하지만 이 모든 경이로운 생물들과 이 모든 감명 깊은 이야기들과 창조의 기쁨이 있었음에도 신은 여전히 외로웠다.

신은 서성거리며 생각하고, 또 생각하며 서성거렸다. 그리고 마침내 우리의 위대한 창조자가 되었다.

"아, 우리의 모습을 닮은 인간을 만들자. 그들이 하늘과 땅의 모든 생물들을 돌보게 하고, 그 보답으로 보살핌을 받도록 하자."

그리하여 신이 흙으로 사람을 만들고, 코에 숨을 불어넣으니 사람이 살아 있는 영혼이 되었다. 신은 사람을 남자와 여자로 만들었다. 이러한 인간이 창조되자 갑자기 인간에 대한 수백만 가지의 이야기가 생겨났다. 그리고 신은 이 모든 것을 축복하고 에덴이라는 정원에 그들을 두었다.

이제 신은 미소 띤 얼굴로 천국을 거닐며

인간들을 보면서 마침내 더 이상 외롭지 아니하였다.

'천지창조'에서 없었던 부분은 '이야기'가 아니라, 그 이야기를 할 수 있는 가장 중요한 부분인 혼이 충만한 인간의 존재였다.

지금까지 창조된 가장 혼이 충만한 인간들 중에서도 특히 이야기와 고된 노동, 인생살이에 몰두한 이들이 있었다. 그들은 춤추는 광대, 나이 많고 지혜로운 까마귀, 심술궂은 현자, '거의 성자가 될 뻔한 인간'들로 우리 가족의 어르신들은 대개 이런 사람들이었다.

여기에는 나의 삼촌도 포함되는데, 내가 "이야기 만들기"라고 말하면 그는 언제나 곧바로 이렇게 소리친다.

"애들아, 이 아이가 뭐라고 하는지 들어봐. 이

야기를 사랑하시는 신을 믿지 않아야 할까? 그러면 신께서 외로울 거야. 우리는 신을 실망시켜서는 안 돼. 그러니 이야기를 시작해, 그리고 또 다른 이야기도 이어서 해봐."

우리는 일을 하면서 계속해서 이야기를 이어나갔다. 가끔은 온종일 이야기를 하고도 밤까지 계속하기도 했다.

어쩌면 흑맥주 한 잔을 더 마시려고 또 다른 이야기를 찾는 사람, 그 사람이 바로 나의 삼촌 조바르Zovár[4]이다. 삼촌은 조금이라도 돈이 생기면 크고 엉성하게 말아놓은 시가를 샀는데, 불이 꺼지기 전까지 수천 번을 피우며 시가를 즐기셨다.

삼촌은 나의 수양아버지의 동생으로, 2차 세계 대전 당시 땅거미가 지는 어느 저녁 무렵, 헝가리에 있는 자신의 농장에서 러시아 국경 근처의 강제수용소로 끌려갔다. 굶어 죽을 때까지 일만 해야 하는 그곳에서 삼촌은 간신히 빠져나왔는데,

삼촌의 말을 빌리면 '이해할 수 없는 신의 힘'으로 인해 어떻게든 살아남았다고 하였다.

그 당시에 나는 어렸는데, 라디오 뉴스나 거리의 낯선 사람들은 매일같이 "독일 나치들이 이랬다, 독일 놈들이 저랬다" 하는 소리를 떠들어댔다. 그러면 삼촌은 나지막한 목소리로 항상 똑같은 충고를 했다.

"당신이 잘못 알고 있는 것이오. 나치와 조력자들은 독일 사람이 아니오. *Gyáva népnek nincs hazája.* 겁쟁이들은 자신들의 나라가 없소. 그 악마들은 지옥에서 온 것이오."

유럽에서의 전쟁이 끝나고,[5] 한참의 시간이 지났을 무렵, 수양아버지는 적십자사와 비밀리에 일하는 사람들의 도움을 받아 난민촌에서 삼촌을 찾아냈다. 그리고 나이 지긋한 몇몇의 친척들도 함께 찾아냈다. 수양아버지는 그들이 난민촌에서 나올 수 있도록 여러 방면으로 힘을 썼다.

삼촌과 난민들은 미국으로 가는 배가 있는 항구까지 가기 위해서 수많은 서류 심사와 기다림을 견뎌야 했다. 그들은 걷거나 수레, 화물차를 타고 유럽을 종횡하였고, 마침내 남루해진 몸을 미국행 배에 실을 수 있었다.

망망대해의 이쪽과 저쪽 어디에도 전화는 없었고, 누가 언제 어디쯤 가고 있는지 연락할 길이 없었다. 모두의 운명은 서로 모르는 사람들―농부, 길에서 만난 가족, 숨어서 일하는 성직자, 용감한 수녀, 군대의 간호사―의 손에 달려 있었다. 지금도 여전히 '축복받은 자'라고 부르는 그들은 모두 우리의 가족이나 다름없었다.

어두운 선실에서의 3주가 지나고, 삼촌은 드디어 바다를 건너왔다. 그리고 무더운 여름날, 낮에는 푹푹 찌고 밤에는 숨이 턱턱 막히는 북새통의 기차를 타고 미국 북쪽 국경의 절반을 가로질러 이동했다.

마침내 삼촌이 도착할 것이라는 내용 없는 전보가 날아왔다. 가난했던 난민 구제 기구는 약속 장소에 난민들이 도착하기 하루 전에 내용 없는 전보를 보내 그 사실을 알렸다. 그래서 우리는 다음 날 삼촌이 탄 열차가 '난민 정류장'이라고 불리는 시카고의 그레이트 기차역에 도착한다는 것을 알 수 있었다. 그 기차역은 우리 마을에서 서쪽으로 160마일 정도 떨어진 곳에 있었다.

삼촌을 데리러 가는 기차를 탔을 당시 나는 다섯 살이었다. 우리는 기차를 타고 서쪽으로 세 시간을 달렸다. 기차는 길을 따라가며 모든 플랫폼에 멈춰 섰다. 우리는 작은 국가라고 해도 좋을 만큼의 가족을 데리고 갔다. 충분한 양의 빵과 치즈, 가방과 상자, 물병과 수제 맥주, 와인, 거기다 우유를 타 먹일 따뜻한 탄산수와 50명의 가족이 마실 물까지 할 수 있는 한 많은 양의 음식을 가져갔다.

작은 통조림 병에 든 자두처럼 우리는 서로를
비집고 뜨거운 기차에 몸을 실은 채 시카고로 향
했다. 몸은 비록 짜증이 났지만 우리는 전쟁에 짓
밟힌 가족을 찾아서 드디어 집으로 데려온다는
기대와 열망, 흥분으로 들떠 있었다.

삼촌의 기차는 오랫동안 오지 않았다. 우리는
사람들이 기차역이라고 부르는 거대한 철골로 만
들어진 동굴 같은 곳에서 오후 내내 삼촌을 기다
렸다. 저녁이 지나 깜깜한 밤이 되었고, 꽃들과
옷과 사람들마저 열기 속에서 시들어 있었다.
기차역에는 엄청나게 많은 사람들이 모여 있었
는데, 확성기에서 열차가 도착하는 플랫폼 번호

를 알리는 소기가 들리면 사람들은 우르르 먼지 바람을 일으키며 그곳으로 몰려갔다. 확성기 소리는 마치 큰 종을 친 것처럼 너무나 울려서 나는 무슨 말인지 잘 알아들을 수가 없었다. 기차가 도착할 때마다 플랫폼이 흔들렸다. 기차 바퀴가 절규하는 것 같은 철제 브레이크 소리, 철커덕거리고 쉭쉭거리는 시끄러운 소리, 기차 엔진과 철도원들이 흔드는 랜턴의 기름 냄새까지, 이 모든 것들이 내게는 엄청난 것들이었다.

검은 강철과 쇠로 만들어진 기차는 수백 개의 잘 깎인 바퀴들과 셀 수 없이 많은 크고 작은 못들로 사방이 연결되어 있는 것 같았다. 쭉 이어진 각각의 객차마다엔 빨간 테두리 안에 아름다운 황금색으로 글씨가 쓰여 있었다.

엔진은 키가 제일 큰 남자의 세 배나 높은 곳에 있었다. 기차의 한 량에서 나오는 열기가 마치 커다란 로프로 연결한 25개의 용광로에서 뿜어져 나오는 뜨거운 공기 같았다. 사람들은 아무런 미동도 없이, 내 수양아버지의 말을 빌리면 '코끼리처럼 땀을 흘리며' 기차역 기둥에 기댄 채 축 처져 있었다.

　어린 내 눈에 보이는 것들은 온통 팔꿈치와 배, 엉덩이, 어깨, 길게 뺀 목과 남자들의 얼룩진 셔츠, 흔들리는 깃털이 달린 삼각모를 쓴 여자들, 사슴의 발굽 같은 하이힐들이었다. 면도를 하지 않은 팔다리에 쪼그라든 뱃살을 한 바부시카(러시아 여인들이 머리에 쓰는 스카프)를 두른 여자들도 있었고, 재와 연기로 회색이 되어버린 검은 양복을 입은 남자들도 있었다. 기차역에는 노인들도 많았는데, 그들은 허리가 굽어 나와 키가 비슷했다. 그들과 똑바로 눈이 마주칠 때가 많았는데, 그럴 때마다 그들은 한결같이 치아가 없는 미소를 지어주었다. 그 모습에 나는 흠칫 놀라기도 하였지만 기분이 나쁘지는 않았다. 그것은 무척 상냥하고 따뜻한 미소였다.

사람들이 차량을 따라 칸마다 문 앞으로 모여
들었다. 나는 그렇게 많은 어른들이 동시에 울고,
춤추고, 웃고, 포옹하고, 깔깔거리고, 이름을 부
르는 걸 본 적이 없었다. 사람들이 떼를 지어 모
여 있고, 마늘 냄새와 술 냄새, 땀 냄새에 뒤섞인
채 사방은 눈물바다였다. 안개가 낀 습한 밤에 엔
진에서 나오는 증기는 기차역 전체를 구름처럼
둘러싸고 있었다.

갑자기 헤링본 무늬와 무지, 격자무늬와 물방
울무늬들이 갈라지더니 저 멀리 플랫폼에 남자가
홀로 서 있었다. 다 해진 소작농의 옷을 입은 그
는 당황스런 표정으로 주위를 두리번거리고 있었
다. 뒤에서 비추는 선로의 커다란 불빛에 서서히
남자의 윤곽이 드러났다.

수양아버지의 표정을 보고 나는 이 남자가 우
리가 찾는 사람이라는 걸 알았다. 일순간 아버지

의 얼굴에서 모든 표정이 사라지더니, 아버지는 뛰어올랐다. 그렇다. 틀림없이 뛰어오른 것이 맞다. 키가 큰 아버지가 십여 개의 짐수레를 뛰어넘고, 우리 쪽으로 걸어오는 사람들을 어깨로 밀치면서 순식간에 인파를 거슬러 올라갔다. 그리고 수척하게 야윈 모습으로 우뚝 서 있는 남자를 와락 끌어안았다.

아버지는 불쌍한 삼촌의 어깨를 안고 팔꿈치로 사람들의 무리를 헤치고 길을 열면서, 플랫폼을 성큼성큼 가로질러 왔다.

"이분이, 이분이 너의 삼촌이다!" 아버지는 마치 상금이 걸린 세상의 모든 경기에서 우승한 사람처럼 소리쳤다.

가까이에서 보니 삼촌은 동화 속에 나오는 거인이 살아 움직이는 것 같았다. 삼촌은 칼라와 소맷동이 없는 해진 하얀 셔츠에 헐렁한 바지를 입고 있었는데, 바지통이 너무 넓어서 마치 바닥까지 내려오는 풀 스커트처럼 보였다. 상처난 그의 붉은 팔뚝에는 튼튼한 근육이 자리하고 있었다.

삼촌의 얼굴을 보려면 나는 고개를 뒤로 젖혀 야만 했다. 뺨에서 뺨까지 긴 콧수염이 있었고, 양털로 짠 이상하게 생긴 신발[6]부터 호숫물 같은 머리카락까지 삼촌의 모든 것에서 이국적인 냄새 가 났다.

삼촌은 자신이 들고 있던 작은 자루와 판지板紙 로 만든 여행 가방을 내려놓았다. 그리고 천천히 모자를 벗고는 내 앞에서 콘크리트 바닥에 무릎 을 꿇었다. 많은 부츠와 신발들이 주변을 바쁘게 지나갔다. 삼촌의 구레나룻에는 땀에 젖은 흰 머 리카락이 보였고, 턱과 뺨에는 반짝거리는 흰 수 염이 보였다. 삼촌은 팔을 뻗어 커다란 손으로 내 머리를 잡고 다른 팔로는 내 몸을 감쌌다. 나는 삼촌이 나를 안으며 나지막한 목소리로 하던 말 을 절대 잊을 수가 없다.

"살아 있는…… 아이구나……."

나는 낯을 가리는 편이었지만 진심으로 그를 껴안아 주었다. 비록 그것을 표현할 수 있는 단어는 몰랐지만 그의 눈빛을 이해했다. 어린 나이였지만 살면서 딱 한 번 봤던 눈빛이었다. 그것은 순식간에 끔찍하게 타버린 마구간에서 살아남은 말들의 눈빛이었다.

삼촌은 우리와 함께 집으로 돌아왔다. 나는 그가 아주 고독한 사람이란 것을 알게 되었다. 또 삼촌은 시가를 물고 있지 않을 때에도 한쪽 입술이 다른 쪽 입술보다 높아서 입술이 평평하게 다물어지지 않는다는 사실도 알아냈다.

"이건 어려서부터 시가를 피워서 그런 거야"라고 말하고는 웃으면서 "시가를 피우지 않으면 네 예쁜 입술은 어른이 되어서도 나처럼 되지 않을 거야"라고 하셨다.

비록 웃으면 시커먼 앞니가 드러났지만 나는 삼촌을 사랑했다. 입속에는 시커멓고 무섭게 생긴 어금니들이 있었다. 비정상적으로 넓은 이마에는 쇠로 만든 솔 같은 억센 눈썹이 있었는데, 그것은 마치 차양처럼 눈 위에 매달려 있는 것 같았다. 삼촌의 손은 꿩 다섯 마리의 목을 한꺼번에 잡을 만큼 컸다. 무엇보다 최고는 그의 밝은색 눈동자였다. 햇빛을 받으면 그것은 마치 따뜻하게 녹은 진짜 금처럼 보였다.

삼촌은 학교를 2년밖에 다니지 못했다. 고국에서 살아왔지만 새로운 나라에서 살았고, 마구馬具는 고칠 수 있지만 전기로 움직이는 물건은 고치지 못하며, 소를 몰 수는 있지만 운전은 하지 못

하고, 라디오를 가져본 적은 없지만 새벽까지 이야기를 할 수 있으며, 천을 짜는 법은 알지만 에스컬레이터를 타는 법은 모른다.

한번은 양복을 입은 남자가 우리 집 울타리 가까이로 와 보험을 판매하려고 했다. 조바르 삼촌은 자신의 양호한 건강 상태에 돈을 걸고 왜 "보오엄"을 사야 하는지 이해하지 못했다. 그러자 남자는 삼촌에게 "무식한 멍청이"라고 했다. 하지만 그것은 삼촌을 모르고 하는 소리였다.

삼촌은 자신의 인생이 바닥까지 무너졌지만 여전히 아이들에게 친절함을 잃지 않았고, 동물들에게 다감했으며, 땅은 그 자체로 희망과 필요와 꿈을 가진 살아 있는 것이라 믿는 사람이었다.

우리 가족의 다른 난민들과 마찬가지로 삼촌도 전쟁에 대한 기억 때문에 괴로워했다. 그는 전쟁에서 자신이 겪은 일을 말하려고 하지 않았다. 사람들은 자신이 무엇 때문에 상처받았는지 말을 해야만 한다. 그렇지 않으면 끔찍한 기억이 악몽으로 나타나기도 하고, 갑자기 울음을 터뜨리거나 분노가 폭발하기도 한다. 삼촌이 과거에 대해 이야기할 때 말이 짧으면 왠지 더 듣기가 힘이 들었다. 오랜 침묵 뒤에 삼촌은 이렇게 말을 했다. "그건 정말 최악이었어."

시간이 지날수록 삼촌은 더 자주 다른 사람에 대한 이야기를 내게 들려주었다.

"내가 아는 '이 남자'는 강제수용소에서 가장 견디기 힘든 것은 사랑하는 사람들이 떨어져 지내는 거라고 했단다. 엄마와 아빠들은 아이들의 행방을 몰라 제정신이 아니고, 나중에는 완전히 미쳐버린다는 거야. 그러면 아이들은, 그 불쌍한 아이들은……”

이 부분에서 삼촌은 말을 멈추고 의자에서 일어나 밖으로 나간다. 비가 오나 눈이 오나, 밤이고 낮이고 집 밖으로 달아나서 오랫동안 돌아오지 않는다. 나는 삼촌을 사랑하기에 걱정이 되었다. 난민이 되었다가 돌아온 어른들은 이 시기 동안 갑자기 무표정한 얼굴로 변해서 차분하게 감자를 깎거나 양말을 뜨거나 나무를 하러 가거나 바닥을 쓸곤 했다. 그 깊은 정적은 자신만의 유령을 꽁꽁 묶어놓았던 밧줄이 느슨하게 풀어져 그들로부터 자신을 지키기 위한 것이었다.

나는 삼촌의 뒤를 따라 나갔다. 그는 항상 길을 걸어 내려가거나 도로에서 들판으로 내려가거나, 숲속으로 들어가거나, 창고에서 작은 밧줄이

나 철사를 고치고 있거나 하였다. 삼촌을 뒤쫓아 간 덕분에 나는 삼촌이 고국에서 알게 된 특별한 친구이자 또 다른 자아인, '이 남자'에 대해 알게 되었다.

삼촌은 극심한 고통을 견뎌낸 그를 존경하는 마음에서 '이 남자'에 대해 수년간 자주 이야기를 했고, 그렇게 그는 되살아났다. 나는 먼 곳에 있는 영혼의 자아를 '이 남자'라고 부르기도 하고, 가끔은 유명 인사를 부르는 것처럼 '그 남자'라고 부르기도 했다.

한번은 삼촌이 내게 말했다.

"이 남자…… 내가 아는 이 남자는 마을에 트럭이 나타나 남자들과 소년들을 끌고 갈 때 동네 할머니들의 모습이 머리에서 떠나지 않는다고 했단다. 할머니들은…… 이가 거의 다 빠진 할머니들은 하늘을 향해 땅에 드러누워 울부짖었지. 눈발이 날려 눈과 입속으로 들어가는데도 할머니들은 진흙 바닥에 머리를 박고, 슬픔에 차서 손과 무릎으로 땅을 내리쳤단다."

삼촌은 긴 한숨을 내뱉은 뒤 말을 이었다.

"이 남자는 많은 걸 기억하고 있었어. 처음에 외국 군대가 들어와 이 남자에게 말했다는 구나. '우리에게 음식을 주면 네 숲은 건드리지 않겠다. 너의 나무들이 어디에 있는지만 말해라. 그럼 건드리지 않겠다'고.

나무, 오, 나무들. 우리 모두는 그냥 나무가 좋아서, 그늘을 위해서, 바람을 막으려고 나무숲을 만들었어. 가끔은 겨울을 나기 위해 숲 가장자리에서 다 자란 나무를 베어 팔기도 하고 말이야.

이 남자도 나무를 키워왔어. 너도 아는 것처럼 나무들이 어릴 때부터 쭉 키워왔지. 나무는 남자에게 자랑이자 기쁨이었단다.

그래서 이 남자는 나무숲을 지키려고 했어. 다른 농부들과 마찬가지로 이 남자도 안경 쓴 선생

님이 있는 학교가 아니라, 들판의 학교에서 모든 것을 배웠단다. 그 누구도 이 전쟁이 커다란 매처럼 급습하여 마을 전체를 지옥으로 만들어버릴 줄은 몰랐고, 그 상황에서 어떻게 빠져나와야 할지도 몰랐어.

이 남자는 절망하여 군인들에게 말했어. '어떤 게 제 것이냐고요? 당신이 볼 수 있는 모든 나무들이 다 제 것입니다.' 이 남자는 자신의 나무뿐만 아니라 모든 이웃들의 나무와 수 마일에 걸쳐 지평선까지 펼쳐져 있는 오래된 숲까지 모두 자신의 것이라고 했어.

그러자 군인들은 그를 땅바닥에 내동댕이치고 발로 입을 차고 짓밟았어. '거짓말을 하는 못된 입'이라고 말이야. 그들은 이 남자의 턱을 부서뜨렸어. 그러고는 격분해서 가장 많은 전나무들이 있는 숲 한가운데에 어마어마한 양의 마른 가지를 모아 불을 질렀어. 마른 가지들은 불꽃을 터뜨리며 나무의 밑동부터 꼭대기까지를 전부 태웠고, 그렇게 해서 타버린 나무들은 순식간에 땅으로 돌아갔지."

오랫동안 자그마한 우리 집은 죽음과 같은 전쟁터에서 살아 돌아온 사람들로 북적거렸다. 그들은 수백 가지의 끔찍한 기억을 갖고 있었고 말로는 표현할 수 없는 상실을 겪었다.

그럼에도 그들은 점차 마음속에 있는 아름다운 노래를 부르기 시작했으며, 전쟁의 고통으로 인해 심신에 깊게 자리 잡은 저마다의 특별한 이야기를 하나둘씩 꺼내기 시작했다. 이것은 계속해서 이어졌다. 처음에는 자신이 겪은 일을 이야기

하면서 감정이 북받쳐 말을 멈출 수가 없었다. 나중에는 자신들이 무슨 일을 겪었는지 다시는 이야기하지 않으려고 안간힘을 썼다. 그렇게 오랫동안 전쟁의 나쁜 기억들은 다양한 방법으로 그들을 자주 괴롭혔다.

전쟁과 전쟁에 대한 기억을 가지고 살아간다는 건 어떤 의미일까? 그것은 한 사람이 두 개의 세상을 사는 것이다. 한쪽에서는 희망을 찾고 또 다른 쪽에서는 절망을 느끼며, 한쪽에서는 의미를 찾고 또 다른 쪽에서는 인생의 덧없음을 찾는다.

엄청난 고통을 겪은 사람들 개개인은 몸부림치는 두 사람이다. 한 사람은 새로운 세상을 살고, 다른 한 사람은 자신을 쫓아오는 지옥의 기억들로부터 끊임없이 달아난다. 전쟁의 나쁜 기억은 스스로 살아 움직인다. 문틀의 달가닥거리는 소리, 한밤중에 갑자기 고양이가 내는 날카로운 소리나 순진한 개가 집에 들어가려고 방충망을 긁

어대는 소리, 갑작스런 돌풍에 커튼이 흔들려 탁자 위의 병이 바닥으로 떨어지는 소리에 기억들은 되살아난다.

총을 닦을 때 사용하는 기름 냄새나 첫눈 냄새, 내장을 제거한 사슴 고기의 피 냄새, 일을 하다 순간적으로 느끼는 특정한 뼈의 통증이나 면사포에 대한 오래된 기억, 지하 배수로에서 들려오는 소의 발굽 소리, 갑작스러운 기차의 기적소리나 덜컹거리는 다리의 울림과 같은 일상적인 것들이 두려움과 눈물, 공포를 불러일으킨다.

삼촌에게는 너무나 끔찍한 기억을 떠올리게 하는 전쟁이 있었다. 희망의 죽음과 죽음을 희망하는 사이에도 전쟁이 있었고, 삶을 위한 희망과 희망의 삶 사이에도 전쟁이 있었다. 가끔 한시적으로 이루어지기도 한 유일한 휴전은 많은 양의 스넵스(네덜란드 진)와 보드카 때문이었다.

하지만 위대한 평화의 시간도 있었다. 삼촌은 집 주변의 뜰이나 들판, 아주 멀리 있는 들판의 땅에 대해서도 자신의 얼굴처럼, 손등의 혈관처럼 익숙하게 잘 알고 있었다.

　이런 들판을 걸을 때면 부츠에 검은 진흙이 달라붙어 발걸음은 점점 더 무거워진다. 한 걸음 옮길 때마다 1파운드에서 2파운드, 다시 3파운드가 된다. 우리는 허벅지 근육을 강하게 잡아당겨 발걸음을 옮긴다. 다음 발걸음을 옮기기 위해서는 이전 발걸음보다 점점 더 힘을 줘야 한다. 하지만 우리는 아무에게도 해를 입히지 않는 이 작은 분투를 사랑한다. 이것이 우리가 그럭저럭 새로운 삶을 살고 있다는 겸손한 증거이다.

　우리는 걸으며 주변의 풀과 나무와 초목들의

건강에 귀를 기울였다. 저 덤불에는 충분한 나비들이 있을까? 나무에는 충분히 많은 새들이 있을까? 우리는 나비와 새는 과일나무들 간에 꽃가루를 옮기기 때문에, 체리와 배, 자두, 복숭아의 수확에 많은 영향을 미친다는 것을 알고 있었다.

걸어가는 동안 삼촌은 혼잣말을 했다.

"사람들이 '에덴동산이 어디지?'라고 하는 말을 들었어. 우리가 서 있는 이 지구 전체가 에덴동산이야. 우리는 지금 에덴동산에 서 있는 거라구! 이 지구 전체, 기찻길과 고속도로 밑, 낡은 코트 아래, 돌무더기 아래, 이런 모든 것들의 아래에 여전히 창조하신 그날처럼 생기 넘치는 신의 정원이 있어.

에덴의 많은 곳들이 완전히 뒤덮이고 잊힌 게 사실이야. 하지만 전부 다시 시작할 수 있어. 오래된 땅이나 잘못 쓰인 땅, 쓰인 적이 없는 땅이든 상관없어. 에덴은 여전히 바로 그 아래에 있어.

하지만 큰 삽으로 땅을 파헤치면서 에덴을 되찾으려 해서는 안 돼. 1큐빗의 작은 땅이건 끝이 보이지 않는 넓은 들판이건 정원이 얼마나 크든지 간에 나무를 심는다면 꼭 땅을 잘 토닥여주고 흙을 한 줌 정도 쌓아줘야 해. 부드럽게 다루고 필요한 만큼만 써야 한단다. 일을 빨리 끝내려고 커다란 삽을 써서는 안 돼. 밀가루에 우유를 부을 때 한꺼번에 붓지 않는 것처럼 말이야. 조금씩 조금씩 붓고 저어준 다음에 우유를 더 붓고 다시 저어주듯이, 땅도 정성을 다해 신중하게 다뤄야 한단다."

이것이 내가 삼촌에게서 배운 땅을 대하는 방법이다. 우리에게 음식을 주고, 생활공간을 주며, 휴식과 자연의 아름다움을 만날 기회를 주는 땅은 반드시 다른 사람과 우리 자신을 대하는 것처럼 똑같이 대해야 한다. 어떤 일이든 땅에서 일어난 일은 어떻게든 우리에게도 일어나기 때문이다.

이러한 모든 사정들을 살핌으로써 우리는 모든 것들을 알 수 있게 된다. 작물은 얼마나 수확할 수 있는지, 들판과 우리의 마음속에는 무엇이 지나가고 있는지를 말이다.

우리는 이러한 날들을 사는 것에 만족했고, 감당하기 벅찬 전쟁 때문에 쫓겨났던 삼촌의 방황하는 영혼도 다시 삼촌 근처를 서성이기 시작했다. 조금씩 조금씩 삼촌은 둘이 아닌 한 사람으로 회복되고 있었다.

그날이 오기 전까지는 모든 것이 만족스럽고 다시 푸르게 자라고 있었다. 모든 것이 충분히 만족스러운 아침이었는데, 이른 저녁 순식간에 아수라장이 되어버렸다.

주State 정부 도로 위원회에서 공무원이 와 우리 시골 마을 사람들의 땅을 모두 국가가 '수용'할 것이라고 하였다. 주에서는 우리가 살고 있는 삼림지대를 가로지르는 유료 고속도로를 만들 것이라고 했다. 전쟁으로 황폐해진 마음의 상처를 치유하는 데 가장 중요한 숲과 들판을 말이다. 사람들이 채소와 곡식을 키우는 들판과 아이들이 숨바꼭질을 하고 떠돌이 여행자와 부랑자들에게 쉼터가 되어주는 소나무 숲을 전부 '수용'하려고 했다.

많은 이유로 이 땅은 우리의 영혼에 안식과 치유를 가져다주는 곳이었다.

삼촌은 일어나서 소리쳤다.

"수용? 훔친다는 말이겠지. 당신이 우리한테서 훔쳐가는 거야!"

겁에 질린 몇몇 친척들이 삼촌을 밖으로 끌어내면서 진정시키려고 했다.

마을 사람들은 충격에 휩싸여 크게 동요했다. 주에서는 땅과 허름한 집, 쓰러져가는 헛간, 연장과 마구를 보관하는 창고를 안전 부적합 판정을 내려 자신들이 땅을 헐값에 살 수 있게 만들었다. 그 땅에 살면서 일하고 사랑했던 사람들은 허락도 반대도 그 어떤 것도 할 수 없었다.

삼촌과 다른 난민 친척들과 이웃의 많은 전쟁 생존자들에게 이번 사건은 전쟁의 고통과 맞먹을 정도로 무서운 일이었다. 그들은 자신들의 의지와 상관없이 땅과 농장과 농작물, 생활, 그리고 그보다 더 소중한 영혼과 영혼을 지탱하던 그 무엇을 순식간에 빼앗겨버렸다. 자기의 권리를 타인의 위에 두는 사람들의 명령에 따라, 자신들은 시키는 대로 할 뿐이라는 제복을 입은 남자들에 의해서.

조바르 삼촌은 순간적으로 이성을 잃었다.

불도저가 들어온 첫날, 삼촌은 격분하여 쿵쿵거리며 들판으로 나갔다. 그리고 저만치 떨어진 곳에서 불도저를 향해 주먹을 휘둘렀다. 삼촌은 운전수를 모욕하려고 *"Annyit ért hozzá, mint tyúk as ábécéhëz!"* 라고 소리쳤지만, 그는 헝가리 어를 몰랐기 때문에 삼촌이 무슨 말을 하는지 몰랐다. 삼촌은 소리쳤다. "니가 신의 정원에 대해서 알면 암탉이 알파벳을 읽겠다!"

삼촌은 고통과 절망 속에서 작은 돌을 한 움큼 주워들더니 있는 힘껏 불도저를 향해 던졌다. 돌들은 불도저의 옆면에 맞았는데, 그 소리가 마치 모래 한 줌을 철벽iron wall에 뿌리는 것 같았다.

그러자 건장한 인부 두 명이 삼촌의 양팔을 잡고 집으로 끌고 갔다. 그들이 따라가기 힘든 속도로 삼촌을 끌고 가는 동안 삼촌은 울고 있었다.

"이 양반, 방해 안 되게 집에서 꼼짝도 못 하게 하슈." 인부들은 기분이 나쁜 듯 우리를 향해 으르렁거렸다.

인부들이 거칠게 삼촌의 팔을 풀어주자 삼촌은 앞으로 휘청거렸다. 큰이모와 나는 삼촌을 부축해서 집 안으로 들어갔다. 인부들은 으스대며 불도저가 있는 곳으로 돌아갔다.

삼촌은 우리의 위로를 거절하고는 울먹이는 목소리로 크게 소리쳤다.

"*Kinyílik a bicska a zsebémben!* 내 주머니에 칼이 펴져 있었다구!"

그 말은 깊은 절망에 빠졌을 때 우리 가족이 하는 오래된 말버릇이었지만 아무런 소용이 없었다. 친척들은 모두 일어서서 불안한 듯 속삭였다.

"애를 보내…… 애를, 애를 보내 봐."

내가 삼촌에게 가자 삼촌은 눈물을 흘리며 내

손을 잡았다. 삼촌은 말을 엄청 많이 했는데, 노력해봤지만 내 머리로는 삼촌이 하려는 말의 의미를 대부분 이해하지 못했다. 하지만 자꾸 끊기는 어투와 말 속에 숨어 있는 희망과 공포를 통해 그 마음을 전부 알 수 있었다. 나는 삼촌을 위해, 세상 모든 사람들을 위해 세상이 끝날 때까지 울고 싶은 심정이었다.

마을 사람들 모두는 도로 위원회가 정신을 차리고 관료들이 마음을 바꿔서 땅 파는 일을 그만두고, 고속도로를 머나먼 곳으로 영원히 치워버리게 해달라고 기도했다.

하지만 기도한 대로 되지는 않았다. 매일같이

불도저들이 와서 끼익끼익 듣기 싫은 소리를 내며 들판과 숲을 가로지르며 땅을 파고 나무를 쓰러 뜨렸다.

어느 날 아침, 삼촌이 밖으로 나가는 소리가 들리고 나서 괭이와 갈퀴들이 부딪치는 소리와 쌓아 놓은 철제 도구들이 무너지는 소리가 들렸다.

"뭔가 해야겠어! 뭐라도 할 거야!" 삼촌이 소리쳤다.

삼촌은 커다란 삽 두 자루를 움켜잡았다. 우리 집에 있는 삽과 괭이들은 항상 커다란 숫돌에 잘 갈려져 있었다. 모든 농기구의 끝은 뾰족하고 날카로운데, 농기구는 일할 때뿐 아니라 자신을 방

어할 때에도 써야 하는 고국에서 가져온 유물이었다. 누구 하나 전쟁을 겪지 않은 사람이 없었기 때문에 이런 습관을 계속해서 가지고 있었다.

가족 모두는 소리쳤다.

"안 돼, 조바르! 삽 내려놔! 뭐 하는 거야? 무모한 짓 하지 마! 조바르! 조바르르르!"

하지만 삼촌은 대답하지 않았다. 삼촌은 양 어깨에 삽을 걸고 들판을 향해 걸어갔다. 삼촌은 고속도로가 놓여 있는 넓은 들판에 남아 있는 작은 구획의 땅을 파기 시작했다. 도로를 만들려는 열정으로 몇몇 인부들이 땅을 필요 이상으로 파놓았다. 그들은 부러진 나무들과 뽑힌 옥수수 줄기들을 그대로 둔 채, 살아 있는 들판을 쓰레기 더미로 만들어놓고 가버렸다. 새로운 고속도로는 이제 완공되었고, 인도와는 채 300야드도 떨어지지 않은 곳을 가로지르고 있었다.

삼촌은 새로운 고속도로의 가장자리 캠버camber

를 따라 가며 들판과 경계 부분의 땅을 깊게 팠다. 파낸 흙으로 만들어진 길고 구불구불한 흙더미는 그대로 두었다. 땅을 파고 흙을 퍼내고, 흙을 퍼내고 다시 땅을 팠다. 많은 이웃 남자들이 할 일을 멈추고 조언을 하려고 삼촌한테로 내려왔다. 그러고는 삼촌을 돕기 위해 삽과 곡괭이를 가지고 다시 돌아왔다.

오후가 되자 사람의 눈으로 볼 수 있는 최대한 먼 거리만큼 도로 가장자리를 따라 1헥타르의 절반 정도의 도랑이 나 있었다. 그것은 들판의 좁은 쪽을 따라가면서 대략 2큐빗[7] 정도의 너비로 길게 파져 있었다.

해거름이 되어서 삼촌은 터덜터덜 집으로 걸어갔다. 마자르 새가 그려진 그릇에 스프를 듬뿍 담아 먹고는 집에서 만든 호밀빵 한 덩이를 씹어 삼켰다. 그리고 호박색 유리병에 담긴 톡 쏘는 시원한 맥주를 들이켰다.

삼촌은 집에서 나와 연료가 가득 찬 찌그러진 빨간 양동이를 들판으로 옮겼다. 양동이의 무게 때문에 삼촌은 한쪽으로 기우뚱거리며 걸었다.

바람 한 점 없는 밤, 삼촌은 들판을 따라 가며 양쪽 끝과 가운데에 조심스럽게 기름을 부었다. 그러고는 나무 성냥을 그어 들판 끝에서부터 몇 몇 군데에 불을 던졌다.

들판 전체가 활활 타올랐고, 사람들은 검은 연기 구름이 피어오르는 곳으로 모여들었다. 삼면에 있는 넓은 흙길과 한쪽의 도랑이 활활 타오르는 불길을 지켜주고 있었다.

밤늦도록 남자와 여자, 그들의 품에 안긴 졸린 아이들까지 들판에 서서 길게 뻗은 붉은 선을 지켜봤다. 만족스러운 듯이 고개를 끄덕이며 끊임없이 타는 들판을 그들은 바라봤다.

다음 날, 들판에서는 여전히 연기가 나고 있었지만 불은 모두 꺼져 있었다. 삼촌이 날카로운 괭이로 여기저기 나뒹구는 검게 그을린 뿌리와 그루터기들을 치우자 땅이 드러났다.

　"자, 봐라. 여기 타서 까맣게 된 흙이 있지? 이제 많은 일이 일어날 거란다. 네가 믿을 수 없을 정도로 많은 일이 말이야."

　"여기에 뭘 심을 거예요?" 내가 물었다.

　"아무것도 심지 않을 거란다." 삼촌이 말했다.

　나는 이해할 수 없었다. 전에는 거칠어진 땅을 비옥하게 하기 위해 땅을 불태웠다.

　"왜 아무것도 안 심고 맨땅으로 두려는 거예요?"

　"아, 내 강아지야, 이건 초대장이란다."

　삼촌은 소나무와 오크나무는 아무것도 심지 않

은 땅이 아니면 자라지도 씨를 퍼뜨리지도 않는다고 설명해주었다. 삼촌은 이 황량한 땅이 새로운 숲이 되는 것을 마음속으로 그리고 있었다. 가장 아름답고 편안한 숲이 되는 것을.

"가난한 사람이 나무도 없다면 세상에서 가장 굶주린 사람이 되는 거란다. 그런데 가난하지만 나무가 있다면 돈으로 살 수 없는 걸 가진 큰 부자가 되는 거지."

삼촌이 말하길, 무언가 심은 땅에는 나무가 오지 않는다고 하였다.

"우리가 이 땅을 아무것도 심지 않고 황량하게 둬서 숲이 될 씨앗들이 자신을 환대한다고 느낄 수 있도록 하지 않으면, 새 생명을 가진 씨앗들은 이곳에서 쉴 이유를 찾지 못할 거야. 아무것도!"

오래전에 삼촌의 아버지에게 어떤 말을 해준 좋은 친구가 있었는데, 삼촌이 내게도 그 말을 알려주었다. *hachmasat orchim*, 환대라는 뜻인데 특히 모르는 사람에게 베푸는 환대를 말한다고 하였다. 삼촌은 이것은 전쟁을 겪기 전에는 살기 위해, 전쟁 중에는 살아남기 위해, 전쟁이 끝난 지금은 다시 살아가기 위해 사람들이 지키는 신조라고 설명해주었다.[8]

삼촌은 모르는 사람을 환대하고, 방랑자 특히 지친 여행자를 쉬게 해주는 것은 축복이라고 했다.

"웃음이 웃을 수 있는 농담 한마디를 기다리는 것처럼, 죽음이 죽음을 앞둔 사람을 우아하게 기다리는 것처럼, 땅도 진정한 주인을 기다리고 환대하지."

삼촌은 계속해서 말을 이었다.

"땅은 아주 인내심이 강하단다. 알겠니? 씨앗과 잡초, 나무와 꽃을 받아들이고, 비와 곡식의 낟알, 불을 받아들이지. 자신에게 오라고 초대하기도 하고, 자신에게 오는 걸 허락하기도 해. 완벽한 주인이지."

나는 땅속의 씨앗들과 땅 위의 생명들, 머리 위의 별들과 우리들까지도 모두 이 들판의 손님 이라는 삼촌의 말을 이해했다.

그래서 우리는 씨앗들이 자신의 길을 찾아올 수 있도록 자리를 비켜주었다.

씨앗들은 이 들판이 기다리고 있다는 것을 알고 있는 작은 동물들의 입을 통해 옮겨질지 모른다. 동물들이 여기에 떨어뜨리고 갈 수도 있고, 라쿤이 들판에 떨어져 있는 것을 먹고 씨앗을 두고 갈지도 모른다. 사슴이 나무둥치에 몸을 긁다가 씨앗이 가죽에 붙어서 퍼져갈지도 모른다. 구슬피 우는 산비둘기가 날아가다가 부리로 씨앗을 떨어뜨리고 갈 수도 있고, 하늘의 날씨와 공기가 힘을 합쳐 바람결에 씨앗을 보내올 수도 있다.

"이곳에서 시작될 엄청난 일이 모두 이 땅의 엄청난 환대 때문이라는 것을 곧 알게 될 거야.

네가 한 번도 본 적 없는 자연 그대로의 아름다

운 나무들을 키우기 위해서 어떻게 해야 하는지 아니? 그건 네가 친절하게 땅을 떠나면 된단다. 어떻게 그러냐고?

놀랄 필요 없단다. 손님을 위해선 우선 물이 필요하겠지. 오, 이미 신께서 우리를 위해 준비해 두셨단다. 이 들판에 신이 비를 부르시는 거지. 신은 정말 훌륭한 주인이신 것 같구나!

자, 그 다음으로는 햇빛과 그늘이 필요하겠지. 해와 구름 또한 신께서 관리해주셨단다. 정말 훌륭한 주인이시지!

마지막으로 네가 휴경지를 떠나면 된단다. 그게 무슨 뜻이냐고? 씨를 뿌리는 건 아니지만 되돌려 놓고 떠나면 되는 거야. 새로운 인생을 준비할 수 있도록 네가 불을 내서 씨앗을 들판으로 보내는 거지.

이건 신께서 혼자 할 수 있는 게 아니야. 신은 함께 하는 걸 좋아하신단다. 신께서 시작하신 일을 돕는 게 우리의 책임이야. 아무도 이런 식으로 불이 나서 타버리길 바라진 않아. 우리가 우리의 삶이 옛날 한창 때처럼 계속되길 바라는 것처럼, 들판도 자연 그대로의 아름다움을 간직한 채 남아 있기를 바라지.

하지만 불은 난단다. 우리는 무서워하지만 우연이든, 일부러 그랬든 혹은 신만이 아실 어떤 이유로든 어쨌거나 불은 난단다.

불은 모든 걸 완전히 새로운 방향으로 바꾼단다. 세상을 바꿀 수 있는 자신만의 힘과 방법을 가진 새롭고 전혀 다른 삶이 되도록 해준단다."

나는 이미 그게 사실이라는 것을 알 수 있었다. 하룻밤 사이에 작은 생명들로 들판이 다시 살아나는 것을 직접 내 눈으로 봤다. 들판 가장자리에는 지팡이처럼 생긴 벌레들이 검은 재와는 대조적으로 밝은 녹색의 빨대처럼 눈에 띄었고, 까만 바지에 빨간 조끼를 입은 개미 아저씨들은 이곳저곳을 거닐고 있었다.

"너에게 들려줄 얘기가 있구나. 평화의 시간과 재의 시간에 관한 이야기다. 영원히 죽지 않는 것에 관한 이야기란다."

삼촌은 들판에 갈 때마다 메는 천으로 된 가방에서 크고 지저분한 시가를 꺼냈다. 가방 안에는 칼, 여분의 네커치프(목에 두르는 정사각형의 얇은 천), 과일나무에 쓸 쇠못⁹ 몇 개, 성냥, '치료용 음료'를 담은 염소가죽으로 만든 병이 들어 있었다. 삼촌이 예전에 "이건 치료제야. 베인 상처에 바르면 좋아. 만약 운이 좋아 베이지 않으면 건강을 위해서 매일 이 치료제를 마신단다"라고 내게 말했다.

삼촌은 칼로 시가의 끝부분을 잘라내고 다듬었다. 그러고는 불을 붙이면서 뻐끔뻐끔 시가를 빨았다. 우리는 잘 익은 옥수수 들판으로 둘러싸인 불탄 들판의 가장자리에 앉아 있었다.

삼촌의 주름 잡힌 긴바지는 부츠 위로 흘러내

렸고, 얼굴에는 큰 모자로 인해 그늘이 드리워졌다. 나는 다리를 쭉 뻗고 앉았더니 해진 갈색 신발 안의 발가락들이 안으로 돌아갔고, 오래된 구두끈은 녹슨 버클 뒤로 감겨버렸다.

"자, 들어보렴." 삼촌은 이야기를 시작했다.

"옛날 옛적 아주 오래전에, 축복받은 동물들이 아직 말을 할 수 있던 시절에……"

영원히 죽지 않는 것
That Which Can Never Die

······ 인간이 아직 동물의 말을 알아들을 수 있었던 시절에, 키는 작지만 기상은 높은 전나무가 있었다.

그는 깊은 숲속에서 그 어떤 나무들보다 훨씬 크고 웅장하고 오래된 나무들에 둘러싸여 살고 있었다.

해마다 겨울이 되면 아이들이 부모님과 함께 나무 썰매를 타고 깊은 숲속으로 여행을 왔다. 그들은 축제에 들뜬 행복한 모습을 지으며, 중간 크기의 나무를 몇 그루 잘라서 가져갔다. 덕망 있는 말들이 코를 훌쩍이며 썰매를 끌었는데, 마구에 달린 종에서는 댕그랑댕그랑 소리가 울렸다. 아이들과 어른들의 웃음소리가 숲 전체에 깊게 울려 퍼졌다.

어느 날, 어린 전나무는 늙은 나무들이 소곤거리는 소리를 들었다. 나무가 키가 크고 잘 자라게 되면 도끼에 잘려서 끌려간다고, 그리고 그 나무들은 집이라고 하는 아주 경이로운 곳으로 간다는 이야기를 들었다.

그곳에서 나무들은 아주 존경을 받고, 많은 사람들의 손길을 받으며, 시원한 물속에 있다고 하였다. 그리고 웃음 가득한 많은 사람들에게 둘러싸여 지낸다고 하였다. 그들은 작고 아름다운 물건으로 나무를 치장해 주는데, 견과를 넣은 동그란 리본이나 설탕

쿠키, 그 밖의 작고 예쁜 장식들로 꾸며준다고 하였다. 눈부시게 아름다운 작은 양초에 불을 붙여 나무의 가지나 굽은 부분에 놓아두고, 마지막으로 사탕과 과일을 엮어놓은 줄, 유리 장식품과 아주 작은 색유리로 장식을 해주면 나무는 그 집에서 가장 귀한 손님이 된다고 하였다. 나무라면 누구나 꿈꾸는 참으로 굉장한 영광이었다.

이 일을 알고 있는 늙은 나무들은, 작고 아름다운 아이들이 노래를 부르고, 난로에서 불이 타오르고, 하늘의 별마저 다른 때보다 더 빛나는 이때는 사람들에게는 커다란 기쁨의 시간이라고 하였다.

늙은 나무가 묘사하기를, 젊은 남녀가 함께 나눠 먹을 음식들을 들고 분주하게 응접실을 왔다 갔다 하고, 나이 많은 여자들은 최고로 좋은 흰 앞치마를 두르고, 나이 많은 남자들은 최고로 좋은 검은 정장에 모자를 쓰고 있다고 하였다. 그리고 모든 여자들은 자신이 가진 최고로 좋은 검은 드레스를 입는다고 하였다. 남자 아이들은 정장 바지를 입고 있는데 불편해서 계속 가려워하고, 여자 아이들은 절을 연습하기에 제격인 치마를 입는다고 하였다. 모든 것이 멋지고 완벽한 그림이었다. 그리고 그것은 전나무가 꿈꾸는 것이었다.

몇 년이 지나 여름이 지나고 가을이 오고 마침내 전나무가 기다리던 아름다운 겨울이 왔다. 그는 찬바람이 조금만 불어도 크게 기뻤다. 해가 갈수록 풍성해지는 자신의 초록 코트를 볼 때면 행복감에 가슴이 벅차올랐다.

매년 겨울, 썰매가 와서 아이들이 소리를 지르며 스노 엔젤(눈 위에 누워서 팔다리를 휘저으면 생기는 천사 형태의 자국)을 만드는 동안,

부모들은 나무를 베었다. 전나무는 그때가 가장 행복했다.

어린 전나무는 수줍음을 많이 탔지만 그럴 때마다 용기를 내어 대담하게 소리쳤다.

"이리 와! 날 선택해줘! 날 선택해! 난 아이들을 좋아해. 나는 당신들이 하는 전설적인 축제도 좋아한다고! 날 뽑아줘. 제발, 날 선택해줘!"

하지만 해마다 아무도 그를 고르지 않았다. 어린 전나무 주변의 많은 나무들이 선택을 받아서 잘려나갔다. 이제는 그와 가장 가까운 이웃과의 거리가 상당히 멀어졌고, 전나무는 혼자 외롭게 뚝 떨어져 있게 되었다. 하지만 그 덕분에 햇볕을 충분히 받을 수 있게 되어 키가 무럭무럭 자라 그 어느 때보다 커졌다.

다음 겨울에도 어김없이 말들이 끄는 썰

매를 타고 즐거워하는 아이들과 엄마 아빠가 숲을 찾아왔다. 말들이 어린 전나무 바로 옆으로 지나쳐갔다. 아빠는 한참 앞서가며 울창한 숲에서 나무들을 따져보고 있었다.

"잠깐만요." 한 아이가 소리쳤다.

"저 뒤에 있는 거요. 저기 혼자 있는 나무요."

그러자 전나무는 희망으로 온몸이 떨리기 시작했다.

"그래요! 이리로 와요! 날 선택해요, 제발! 날 선택해주세요!" 전나무는 좀 더 똑바르고 커 보이려고 몸부림을 쳤다.

가족이 그의 말을 들은 것이 분명했다. 썰매가 멈추더니 말이 빠른 걸음으로 방향을 바꿔 돌아왔다. 곧이어 그들은 나무를 살펴보기 위해 깊이 쌓인 눈을 밀치고 들어왔다.

"탄력 있는 가지 좀 보세요." 발그레한 볼을 가진 아이가 외쳤다.

"아주 푸르고 싱그러운 나무네요." 엄마가 말했다. 그러자 아빠가 말했다. "그렇군. 키가 아주 크지도 작지도 않은 게 우리한테 딱 맞춤이군."

그러고는 썰매에서 도끼를 가져왔다. 그가 처음 도끼로 나무를 찍었을 때, 전나무는 살면서 처음 겪는 극심한 고통을 느꼈다.

"아, 넘어진다." 전나무는 외마디 소리와 함께 바로 정신을 잃었다. 도끼질은 뿌리로부터 몸통이 떨어져 나갈 때까지 계속되었고, 엄청난 눈을 흩뿌리며 나무는 쓰러졌다.

한참 뒤, 전나무는 썰매 뒤에 연결되어 있는 작은 짐썰매로 옮겨졌다. 얼마 후 전나무의 귀에 딸랑거리는 종소리와 사람들이 웃고 떠드는 소리가 들렸다. 이제 극심한 고통은 지나간 것 같았고, 어렴풋이 기억이 되살아났다. 그들은 어디론가 가는 중이었다. 어딘가 중요한 곳으로, 아름답고 경이로운 곳으로, 그가 평생 살아오면서 꼭 보기를 바라고 또 바랐던 그 어떤 곳으로.

여기서 삼촌은 잠시 이야기를 멈추고 너저분한 시가를 다듬었다.

"내 강아지야, 넌 아마도 모르겠지만, 이야기를 하다 이런 순간이 오면 무슨 말을 하는지 아니?"

우리는 이전에도 이런 게임을 많이 했기 때문에 나는 잘 알고 있었다.[10]

"네!" 나는 큰 소리로 말하기 시작했다. "처음으로 이야기의 방향을 바꾸는 이런 순간에는 이런 이야기를 해요. '집시들처럼, 카라반caravan이 흔들리며 출발하면 비록 누군가는 아는 곳으로, 또 다른 누군가는 모르는 곳으로 떠나지만 아무도 슬퍼하지 않는다.'"

"아주 좋아." 삼촌이 웃으면서 커다란 손으로

내 머리칼을 헝클어뜨렸다. "대답을 잘했으니까 상으로 다음 이야기를 들려주마."

어둠이 내리고, 드디어 전나무를 실은 썰매가 눈 덮인 작은 집에 도착했다. 늙은 남자와 여자가 밖으로 나와 썰매를 둘러보더니 소리쳤다.

"키도 크고 가지도 넓게 펼쳐진 게 아주 좋은 전나무구나! 딱 좋은 크기야. 완벽해."

"오!" 전나무는 생각했다. "환영을 받으니 이렇게 좋구나. 이제까지 선택을 받은 내 친척들이 온 곳이 여기일지도 몰라. 그렇다면 그들을 곧 만날 수도 있겠지."

어른들은 조심스럽게 전나무를 썰매에서 들어올렸다. 그들은 전나무를 칭찬하고, 쓰다듬어 주기도 했으며, 이쪽저쪽으로 돌려보기도 했다. 그들이 잘린 몸통 부분을 차가운 물이 담긴 양동이에 담가주자 전나무는 통증이 많이 진정되었다.

그리고 불이 꺼지자 숲속의 깊은 어둠을 사랑했던 전나무는 이 집의 어둠 또한 좋아졌다. 예전에는 온 하늘의 별들을 다 볼 수 있었고, 지금은 비록 작은 유리창을 통해 별 하나밖에 볼 수 없었지만, 그 별은 어떤 별보다 환하게 빛나 보였다. 그 별을 보며 전나무는 아직 좋은 일들이 많이 있을 것이라고 생각했다.

전나무는 이런 생각을 하며 주변의 가구들처럼 이내 행복한 단잠에 빠져들었다.

다음 날 이른 아침, 사람들의 인사 소리와 투덜거리는 소리, 수다 떠는 소리로 집안이 소란스러웠다. 탕, 탕, 탕, 누군가가 나무토막을 담는 양동이를 두들겨 먼지를 털고 다시 채웠다. 깽깽거리며 강아지들이 달리고,

아이들을 따라서 엄마와 아빠, 그리고 할머니, 할아버지, 또 다른 아이들과 친구들이 수많은 상자들을 옮겼다.

전나무는 흥분해서 숨을 참고 기다렸다. 사람들이 상자 뚜껑을 열자, 그 안에는 얇은 유리로 만든 여러 가지 모양의 장식들이 나왔다. 크랜베리를 엮어 놓은 끈과 유리컵에 담긴 작은 색종이로 장식된 초들도 있었다.

그들은 빙글빙글 돌아가면서 끈을 두르고 장식을 매달아 전나무를 꾸몄다. 그리고 오, 놀랍게도 수십 개의 초에 하나씩 하나씩 불이 켜지고 나선형으로 나무를 둘러싸면서 꼭대기까지 초들이 반짝거렸다. 전나무는 절정의 환희를 느꼈다.

"그래, 이게 예전에 숲속에서 늙은 나무들이 말씀하셨던 것들이구나. 아니 그 이상이야!"

전나무는 가능한 더 멋있게 보이기 위해 가지를 더 멀리 뻗으려고 애썼다.

어른들이 음악을 연주하며 노래를 부르는 동안 아이들은 소리를 지르면서 전나무 주변을 돌았다. 특히 한 예쁜 아이가 할아버지에게 안겨 나무 제일 꼭대기에 종이별을 걸 때는 너무 기뻐서 전나무는 어쩔 줄을 몰랐다.

그날 밤, 아이들이 잠들고 전나무도 꾸벅꾸벅 졸고, 창밖의 큰 별이 빛날 때, 어른들이 갈색 포장지에 예쁜 리본과 밝은색 자수실을 두른 선물들을 가지고 몰래 방으로 들어왔다. 사과와 오렌지로 만든 작은 말과 돼지, 오리, 소들도 선물 위에 올려놓았다. 다리는 잔가지를 꽂아서 만들고, 눈과 코는 과일을 조각해서 웃는 표정을 그려 넣었다. 이 모든 것은 어린아이들을 기쁘게 해주고 싶은 어른들의 사랑이었다.

다음 날 아침, 전나무는 아이들이 비명을 지르며 달려오는 바람에 깜짝 놀라 잠에서 깨어났다.

"우와, 나무 예쁘다. 이 아래 선물도 있어."

아이들은 포장지를 뜯어 갈색 곱슬머리에 손으로 짠 드레스를 입은 봉제 인형을 꺼냈다. 다음 선물에서는 자투리 나무로 만든 바퀴가 돌아가는 장난감 마차가 나왔다.

그들이 행복하게 전나무에서 견과류를 뜯어 먹자, 전나무는 자신이 꿈꿔왔던 아니 그 이상의 장면이 펼쳐지고 있다는 행복감에 몸을 떨었다.

그날 늦은 오후, 아이들은 낮잠을 자고 어른들도 꾸벅꾸벅 졸고, 개들과 고양이들도 깊은 잠 속에서 꿈을 꾸고 있었다. 전나무는 자신의 대단한 운명과 자신에게 일어났던 일들을 되돌아보았다. 그리고 아주 행복해

하였다.

모두가 잠자리에 들고 코를 골며 잠이 들었다. 개와 고양이들은 그르렁, 그르렁, 아이들은 쿨쿨, 어른들은 드르렁 드르렁. 전나무도 깊은 잠에 빠져 자신의 새로운 인생에 관한 꿈을 꾸었다.

다음 날 그리고 그 다음 날도 전나무는 위풍당당하게 방 안에 서 있었다. 비록 리본은 떨어지고 별도 한쪽으로 기울어져 조금 후줄근해졌지만 모든 것이 즐거웠다. 심지어 대부분의 아이들과 어른들이 썰매를 타고 집을 떠나갈 때에도 그랬다.

"아, 밤에는 돌아올 거야. 돌아와서 물도 신선하고 차가운 걸로 갈아주겠지. 그리고 나도 다시 예쁘게 꾸며주면서 또다시 축제를 열겠지"라고 전나무는 생각했다.

아빠가 터벅터벅 걸어 들어와 나무에 달

린 장식을 모두 떼어내어 솜이 깔려 있는 박스에 담았다. 그러고는 전나무를 물에서 꺼내 가지에 숨겨져 있는 것들이 전부 떨어지도록 세게 흔들었다. 그는 말린 크랜베리를 엮은 끈은 그대로 나무에 남겨둔 채로 나무를 끌고 방에서 나왔다.

전나무는 이런 퉁명스런 대우에 깜짝 놀랐지만 아직은 희망적이었다.

"아, 다음에는 어떤 방에서 지내게 될까 궁금하네." 전나무는 트리 장식과 선물, 아이들의 춤과 사람들의 노래로 이어지는 축제의 즐거운 모습을 상상했다.

하지만 아빠는 거칠게 나무 계단 위로 전나무를 끌더니 계속해서 위로 올라갔고, 계단도 갈수록 점점 좁아졌다. 드디어 맨 꼭대기에 도착하자 아빠는 작은 문을 열고 아무렇게나 전나무를 방 안으로 내던졌다. 전나무는 놀라서 소리를 질렀지만 아빠에게는 환호성을 지르는 것처럼 보였다.

"왜 이렇게 어두운 거죠?"

하지만 사실 아무도 그 소리를 듣지 못했고, 아빠도 문을 닫고 계단을 내려갔다.

이 부분에서 삼촌은 놀랍도록 시커먼 이로 시가 꽁초를 물고선 한숨을 쉬면서 말했다.

"아, 우리는 이 전나무의 짧은 인생 이야기에서 확실히 변화가 있을 거라는 부분까지 왔어. 내 말이 무슨 뜻인지 알겠니?"

나는 알아들었다고 생각했지만 확실치는 않았다. 나는 대답을 해야 했기에 오랫동안 생각한 끝에 "만약 바이올리니스트가 자신의 바이올린을 잃어버린다면 그는 계속해서 연주를 할 수 있을까요?"라고 말했다.

아니다. 이것이 정답이 아니라는 것을 삼촌의

침통한 표정을 보고 알 수 있었다.

정답은 "군대에는 피터 삼촌은 없다"였을까? 이 말은 엄청난 억압 아래에서는 누군가의 상처를 싸매 줄 어머니 같은 사람은 없다는 뜻이다.

아니다. 나는 이것도 올바른 답이 아니라는 걸 알 수 있었다.

삼촌은 완전히 주의를 기울이고 있었다. 마치 개가 기다릴 때처럼 속으로만 미세하게 떨면서 나를 기다리고 있었다. 내가 한 단어라도 답을 말하기만 하면 그 즉시 고개를 끄덕이거나 윙크를 해주거나, 미소를 짓거나 무릎을 칠 준비를 한 채로 말이다.

그때 생각이 났다. 나는 작은 목소리로 정답에 도전했다. "사랑하는 삼촌, 그건 있잖아요. 우리는 올바른 지도를 따라간다고 생각하지만⋯⋯" 삼촌의 입가에 미소가 번지기 시작했다.

"신께서 갑자기 길을 들어 올려서⋯⋯" 삼촌이

기뻐하며 고개를 끄덕였다.

"길도 우리도 다른 곳에 두겠다고 결정하신다
가 아닐까요?"

"아, 학교를 허투루 다닌 게 아니구나, 내 강아
지." 삼촌이 쩌렁쩌렁한 목소리로 말했다.[11]

"그래, 우리는 올바른 길로 가고 있다고 생각
하고 있지만 신이 갑자기 길과 우리를 다른 곳에
두기로 결심하시는 거지. 바로 그거야!"

삼촌은 커다란 손으로 내 양 볼을 잡고는 말했다.
"이제 너는 이야기를 끝까지 들을 수 있겠구나."

작고 추운 다락방에는 처마 밑의 자그만
서리 낀 창문을 통해 들어오는 별빛을 제외
하고는 불빛 하나 없었다.

"아, 슬프다." 전나무는 어디 부러진 곳은
없는지 가지들을 하나하나 살펴보면서 생각
했다.

"내가 무슨 짓을 했길래 이렇게 춥고 외로운 곳에 버려둔단 말인가?" 하지만 그의 말을 들은 사람은 아무도 없었다.

전나무는 그 뒤로 몇날 며칠을 그곳에 있었다.

그러던 어느 날 밤, 곁눈질로 바라보니 반짝이는 붉은 점 네 개가 보였다. 그것은 다락방 벽에 살고 있는 조그만 생쥐 두 마리의 눈이었다. 전나무는 부드럽게 말했다.

"오, 숙녀분들, 사람들이 언제 이 다락방으로 와서 나를 특별한 방으로 다시 데려갈지 아시나요?"

오버올과 머플러 속에 있던 한 생쥐가 재잘거리더니 웃기 시작했다.

"너너너를 데리러 와서 특별한 바바방으로 다시 데려간다고? 하하하."

그러자 작은 가운과 흰 앞치마 속에 있던

또 다른 생쥐가 친구를 팔꿈치로 툭 치면서 전나무에게 친절하게 말했다.

"오, 사랑스런 나무야, 넌 좋은 인생을 살았구나, 그렇지 않니?"

"네." 전나무가 슬프게 고개를 끄덕였다.

"너는 그런 인생을 타고났다고 생각했고, 그래서 바뀌지 않기를 바랐겠지. 하지만……"

그녀는 전나무를 다독이며 말했다.

"전나무야, 모든 건 말이다, 아무리 좋은 것이라도 끝이 있단다."

"그럼 이 시간도 끝나겠죠?" 나무는 울었다.

"그렇단다." 생쥐는 팔을 뻗어 전나무를 쓰다듬으며 말했다.

"그래, 이 시간도 끝이 날 거야. 하지만 이제 또 다른 인생이 시작될 거야. 새로운 인생, 다른 종류의 인생은 언제나 오래된 인생의 뒤를 따라온단다. 두고 보렴."

생쥐들은 밤이 깊도록 나무 옆에 앉아 있었다. 그들은 전나무에게 이야기도 들려주고, 자신들이 아는 노래를 모두 불러주었다. 그러자 전나무는 생쥐들에게 가지 사이로 들어와 따뜻하게 있겠냐고 물어보았다. 생쥐들은 고맙다고 하면서 가지 사이로 쏙 들어갔다. 그리고 그들은 함께 잠을 청했다.

창문 밖에서는 커다란 별이 모든 사실을 알고 전나무를 불쌍히 여겨, 어느 때보다 가까이 다가와 깊은 빛을 비춰주고 있었다.

다음 날 아침, 전나무와 생쥐들은 계단에서 쿵쾅쿵쾅 축구공을 차는 소리에 깜짝 놀라 잠에서 깨어났다. 생쥐들은 전나무 가지에서 뛰어내리면서 말했다.

"잘 가렴, 친구야. 우리를 기억해줘. 우리도 너와 너의 친절을 기억할게." 그리고 그들은 벽에 난 틈으로 달려갔다.

"저도, 당신들을, 저도 당신들을 영원히 기억할게요."

다락방 문이 세게 열리고, 털모자를 쓰고 두꺼운 외투를 입은 아빠가 들어왔다. 그러고는 전나무를 끌고 수많은 계단을 내려가 마당으로 나갔다. 그는 오래된 그루터기에 전나무를 눕히고는 큰 도끼를 들어 온 힘을 다해 나무를 내리찍었다. 가장 끔찍한 소리를 내며 나무가 갈라졌다. 첫 도끼질에 전나무는 고통으로 죽을 것만 같았고, 두 번째 도끼질에 정신을 잃었다.

한참의 시간이 지난 후, 전나무는 깨어났다. 나무는 다시 어떤 특별한 방의 구석에 있었지만 그 모습은 예전과는 사뭇 달랐다. 녹음을 잃어버렸을 뿐 아니라 가지들도 예전과는 다르게 산산조각이 나 있었다. 그런데 거기서 전나무는 그가 숲에서 이 집으로 왔을 때 제일 먼저 자신을 돌봐줬던 노부부가 벽난로 앞에 앉아 있는 것을 보았다. 그들은 오래전에 전나무의 상처를 찬물로 진정시켜 주었던 사람들이었다. 그런 그들이 저기 불 앞에 모여 있다. 자신의 처지에도 불구하고 전나무는 둘 사이의 사랑을 지켜보며 미소를 지었다.

할아버지가 일어나서 전나무의 가지 하나를 불 속으로 집어넣었다. 처음에 전나무는 저항하고 소리쳤지만, 곧 불이 더 타오를수록 이런 온기를 만들어내는 것이 자신이 기쁘게 해야 할 일이라는 생각을 하게 되었다.

"아, 사랑으로 마음이 따뜻해졌고, 장작으로 불타올라 몸도 따뜻해졌구나."

전나무는 격렬하게 타올랐다. "내가 이런 빛을 내면서 방을 이렇게 따뜻하게 할 줄은 몰랐어. 내 맘을 다해서 이 노부부를 사랑해

야지."

전나무와 전나무의 모든 옹이, 그의 마음은 불꽃 속에서 평온을 느끼며 한없이 기뻐하였다.[12]

매일 밤, 전나무는 스스로 자신을 내어주었다. 전나무는 자신이 쓸모 있다는 것과 이런 식으로 살아 있음을 기뻐했고, 아무것도 남지 않을 때까지 자신을 태우고 또 태웠다. 이제는 난로 안의 쇠살대 바닥에 남은 재뿐이었다.

전나무는 노부부가 자신을 난로에서 쓸어낼 때, 자신의 삶이 지금보다 더 영광스러운 순간은 없었다고 생각했다. 그리고 이 순간보다 더 나은 순간은 다시는 바라지 않을 것이라고 생각했다.

노부부는 주름지고 따뜻한 손으로 조심스럽게 벽난로의 재를 오래된 가방에 쓸어 담

앴다. 그리고 봄이 올 때까지 보관해두었다.

땅에서 처음으로 따뜻한 기운이 느껴질 무렵, 노부부는 재가 담긴 가방을 들고 정원과 들판으로 나갔다. 과일 넝쿨과 들판에 전나무 재를 뿌리고는 흙과 재를 섞었다.

시간이 지나고, 봄비와 해가 오가는 동안 전나무 재는 자신의 아래에서 어떤 활발한 움직임을 느꼈다.

여기저기 자신의 아래에서, 자신을 통과해서, 자신의 주변에서 연한 녹색의 작은 싹들이 땅을 뚫고 나오고 있었다. 전나무는 다시 한 번 쓸모 있는 존재가 된 것에 행복해하며 수많은 미소와 감탄사를 연발했다.

"아, 재가 되었는데도 이렇게 다시 새로운 생명을 만들어낼 줄은 정말 꿈에도 몰랐어. 난 정말 엄청난 운을 갖고 태어났구나. 나는 숲에서 홀로 자랐고, 그 후에는 반짝이는 유리와 촛불, 그리고 멋진 노래가 있는 낮과 밤을 알게 되었지. 가장 어두운 밤, 고독하고 어려웠을 때, 가족 아니 그 이상이 되고 싶어 했던 낯선 이들이 친구가 되어 주었어. 난롯가에서 내 모든 걸 내어줬던 그 순간 나는 내 마음에서 엄청난 빛과 온기를 낼 수 있다는 걸 알았지. 나는 정말 행운아야."

전나무는 소리쳤다.

"아, 그 모든 고난과 환희의 순간을 겪을 때마다 새로운 삶에 대한 애정이 계속해서 솟아났던 거야. 나는 이제 어디에나 있어. 아, 얼마나 멀리까지 내가 닿을 수 있을까?"

그리고 그날 밤, 큰 별이 우주의 밤하늘을 가로질렀고, 전나무는 평화로운 땅에 누워 모든 뿌리와 씨앗을 따뜻하게 해주려고 그들의 주변을 서성이고 있었다.

전나무의 재는 모든 것들의 영양분이 되

었고, 그것들은 또 앞으로 다른 것들의 영양분이 될 그 무엇의 영양분이 될 것이다. 이것은 다가올 전 세대에 걸쳐 영원히 계속될 것이다.

전나무는 자신이 태어나고 지금은 다시 되돌아간 그 아름다운 땅에서, 전에 살았던 숲속에서처럼 그 어떤 나무보다 크고 위풍당당하고 오래된 나무들에 둘러싸여 편안히 꿈을 꾸었다.

"알겠니, 내 강아지? 세상에 쓸모없는 것은 없단다. 모든 건 어딘가에 쓸모가 있지. 신의 정원에서는 누구든, 무엇이든 쓸모가 있단다."

우리 집에는 이런 말이 있다.

"들판으로 나가서 울어라. 너의 눈물은 너와 땅 모두에게 좋은 선물이 될 것이다."

삼촌과 나는 들판에 앉아 한동안 말이 없었다.

우리는 조용히 말을 주고받고, 서로에게 이야기를 해주며, 우리의 인생이나 이야기에서 슬프거나 행복한 부분이 나오면 울기도 했다.

마침내 삼촌이 "나는 우리가 처음으로 이 땅을 온전하게 제대로 사용했다고 선언할 거야"라고 말하고는 커다란 손등으로 눈물을 닦았다. 그는 내 어깨를 감싸고는 자신의 수건으로 내 눈물을 닦아주었다.

시간이 늦어 집으로 돌아갈 때가 되자 삼촌은 내 손을 당겨 일으켜주었다. 우리는 괭이를 어깨에 짊어졌고, 삼촌은 내가 균형을 잡을 수 있게 도와주었다. 길을 걸어 내려가면서 삼촌은 말했다.

"어디 보자. 우리 들판에서 무엇이 자라게 될까. 아마 아침이 되면 다시 완전한 숲이 되어 있을 게다."

삼촌은 웃으면서 허리를 구부려 내 괭이를 바로 잡아주고는 윙크를 해주었다.

우리는 집을 향해 땅거미가 진 길을 걸어갔다. 등 뒤로는 다 타버린 들판이 황혼 녘에 포근히 잠들어 있었다.

그리고 우리가 잠들어 있는 동안, 세상 이곳저곳에서 행운과 축복을 담은 씨앗들이 들판을 향한 긴 여정을 시작했다.

그리고 시간이 지나, 불에 타서 비어버린 들판으로 왔다. 경작을 하지 않고 기다리던 들판으로 낯선 이들과 낯선 씨앗들이 다가왔다. 때가 되자 작은 나무들이 나타나기 시작했다. 오크나무가 왔고, 소나무, 사탕단풍나무와 꽃단풍나무가 왔다. 상록수와 버드나무도 쾌적한 들판 가장자리 작은 지하수가 고여 있는 곳에 자리를 잡았다.

삼촌에게 나무들은 이성에게 구애하며 춤을 추는 생기 넘치는 젊은이와 같았다. 삼촌이 그렇게 기뻐하는 건 처음이었고, 나 또한 그랬다.

활엽수들은 천천히 자라기 때문에 오랜 시간이 지난 후에야 지표식물들과 어울려 작은 숲이 되었다. 거기에는 아이들이 놀이를 위해 지어놓은 짚으로 만든 요새와 비밀 장소들이 생겼고, 그늘이 어룽거리는 작은 빈터는 방랑자와 여행자들이 쉬어가거나 기도를 하는 장소가 되었다. 이 숲은 찌르레기와 홍관조, 큰어치들의 집이 되었고, 우리는 그 새들을 '신의 숲에 사는 보석'이라고 불렀다.

여기저기서 나비들이 날아와 호리호리한 풀 위에 작은 소리를 내며 앉았다. 기다란 풀잎이 나비의 연약한 무게에 살짝 흔들렸다.

이른 아침에는, 아주 짧은 순간뿐이지만 숲속

의 모든 것에 이슬이 맺힌 모습도 볼 수 있었다. 마치 얇은 빛줄기처럼 모든 가시와 털, 긴 풀의 톱니 모양 테두리, 잎사귀 끝 하나하나에도 이슬이 맺혀 있었다. 거친 나무껍질과 나뭇가지, 아이가 숲에 두고 간 장난감에도 이슬이 맺혀 있었다. 새벽빛에 한때는 텅 빈 들판이었던 숲이 마치 사방에서 빛을 머금고 다시 그 몇 배로 반짝이는 성처럼 빛이 났다. 삼촌과 나는 분명 우리가 신의 위대한 동산, 에덴에 서 있다고 느꼈다.

그 후로 45년이 흘렀다. 삼촌은 오래 사셨는데, 그가 오래 살 수 있었던 건, 그리고 눈부시게 살 수 있었던 건, 어떠한 고난이 닥쳐도 모든 인간이 새로운 인생을 향해 나아갈 수 있도록 만드는, 변하지 않는 믿음의 힘 때문이라고 생각한다.

수년 동안 모든 들판에 씨를 심으면서 삼촌은 자신의 마음속 휴한지에도 씨를 뿌렸다. 인생을 살아가는 힘을 모으는 데에도 가속도가 붙어 씨앗은 땅을 뚫고 나왔다. 그는 잿더미 사이에서, 자신의 텅 빈 들판에서 자랐다. 나는 그에게서 에덴의 작은 회복을 확인하였다. 나는 그렇게 알고 있다. 내 눈으로 직접 봤다.

드디어 그가 이 세상을 떠날 준비를 할 때, 그는 마치 오래된 큰 나무처럼 무너져내렸다. 거대한 나무처럼 쓰러졌지만 그 뿌리와 완전히 분리되지는 않은 채 몇 계절을 더 훌륭하게 버텼다. 그러던 어느 날 밤, 적당한 바람이 불어올 때 마지막까지 뿌리와 붙어 있던 곳이 분리되었고, 삼촌은 마침내 자유가 되었다.

나는 그때도 슬퍼했고, 지금도 여전히 슬퍼한

다. 스쳐 지나가는 한 명의 영혼이 아닌 두 사람, 늙고 늙은 나의 소중한 삼촌과 언제나 충실한 사랑하는 '이 남자'를 위해서.

삼촌의 가르침, 고국에서의 나무들의 가르침, 빈 들판의 가르침, 우리 이야기들의 가르침은 전쟁과 굶주림, 희망에 의해서 생겨났다. 이 모든 가르침들은 내 마음속에 찬란하게 살아 있으며, 나를 통해 나의 아이들에게, 그 아이들의 아이들에게, 바라건대 그 아이들의 아이들에게도 전해졌으면 좋겠다.

나는 조바르 삼촌의 영혼이 여전히 살아 있음을 느낀다. 삼촌과 '이 남자'의 고국에서의 이야기뿐만 아니라 새로운 곳에서의 많은 이야기는, 빈 들판과 새로운 씨앗이 도착해 풍요롭게 자라기를 바라고 기다리는 모든 주인들을 통해 이어져 나갈 것이다.

나는 아무것도 이루어지지 않은 모든 곳은 다시 태어날 새로운 인생이 기다리고 있다고 확신한다. 더욱 놀라운 것은 바라든 바라지 않든 새로운 인생은 시작된다는 것이다. 매번 뿌리째 뽑아도 매번 다시 뿌리를 박고 자리를 잡는다. 새로운 씨앗은 바람을 타고 날아와 끊임없이 땅에 내려오고, 마음의 변화, 마음의 회복과 치유, 삶의 선택을 위한 많은 기회를 줄 것이다. 이것은 확실하다.

영원히 죽지 않는 것은 무엇일까?

그것은 우리 안에서 생겨났지만 우리 자신보다 위대하며, 아무것도 없는 빈 들판이나 황무지에 새로운 씨앗을 불러 다시 우리가 살 수 있게 하는, 충실한 믿음의 힘이다.

그 힘은 집요하며, 우리에 대한 신의와 사랑으로, 아주 자주 신비로운 방법으로 발현된다. 그것은 훨씬 위대하고, 훨씬 숭엄하며, 지금까지 알려진 그 어떤 것보다도 오래된 것이다.

그리고 그로 인해 우리는 누구나 눈부신 삶을 살아갈 것이다.

에필로그

이 책을 완성했을 때, 나는 책을 쓰기 3년 전부터 키우던 작은 나무 농장을 바라보았다. 내가 살아 있는 기도문으로서 농장을 가꾸고 책을 쓰기 시작한 것은 삼촌과 다른 난민 친척들에게 경의를 표하기 위해서였다. 그리고 스스로 선택해서가 아니라 어쩔 수 없이 낯설고 고통스러운 길을 힘겹게 나아가는 세상의 수많은 사람들에게, 내가 아는 가장 강력한 기도와 축복을 해주고 싶은 간절한 마음 때문이었다.

살아 있는 기도문을 만들기 위해서 나는 우리의 관습에 따라 집 근처에 기다란 띠 모양으로 땅을 파고 도랑을 만들었다. 그리고 그 안의 작은 구획의 땅을 불태웠다. 바람 한 점 없는 날이라 약한 불이 고랑의 안쪽에서 안전하게 퍼져나갔다. 그 후에 나는 그 땅을 그대로 내버려두었다.

첫 해에는 땅에 물을 충분히 주었다. 그리고 아무것도 없는 이 작은 땅을 지켜보며 기다리고 또 기다렸다. 벽돌로 지어진 단층집 마을의 한가운데에 있는 작고 텅 빈 이 들판으로 어떤 씨앗이 찾아올 수 있을까?

이웃들과 오가는 사람들이 멈춰 서서 왜 뜰을 "갈아엎었는지", "왜 아무것도 심지 않았는지", "그러길래 멋진 켄터키 블루를 심으라고 하지 않았느냐", "커다란 창고를 지을 계획이냐"고 물었다. 나는 아늑한 나의 휴한지에 서 있었다.

"뭘 키울 거라고요?"

"저는 도시에서 숲을 만들 거예요. 도시 숲이오."

사람들은 머리를 긁적이며 지나갔다.

마을 감독관이 잠시 들렀다. 그는 뒤뜰에서 누군가가 숲을 만든다는 제보가 들어왔다고 하였다.

"숲처럼 보이지 않는데요."

"기다려보세요."

"맘대로 숲을 만드는 건 불법일 수도 있습니다."

"보시는 것처럼 아직은 공기 중에 있는 숲일 뿐이에요."

"흐흠……."

두 번째 해에는 충실한 기적이 일어났다. 작은

나무들이 땅에 나타나기 시작했는데, 그것들은 너무나 작아서 아이들에게 이 안에 요정들이 산다고 말하고 싶을 정도였다. 작은 나무들은 가느다란 가지의 가문비나무와 여린 붉은 가지 단풍나무, 그리고 길 아래 커다란 엄마 나무에서 나온 아기 월계수 일곱 그루였다.

세 번째 해가 끝나갈 무렵인 지금은 4피트 높이의 단풍나무 두 그루, 월계수 나무 열다섯 그루, 5피트 정도 되는 물푸레나무 두 그루, 조그맣게 부풀었던 꽈리 모양의 열매들이 배로 커진 모감주나무 세 그루와 스물일곱 그루의 느릅나무들이 자라고 있다.

마치 땅이 아주 오래된 자신의 패턴을 기억이라도 하는 것처럼, 어린 나무들 아래에서는 포도담쟁이와 양치식물, 키가 작은 관목들이 차례대로 자라기 시작했다. 충분히 자란 클로버는 지표면을 뚫고 나왔다. 딱따구리나 참새, 그 밖의 다

른 작은 동물들이 다양한 종류의 씨앗을 가져왔
다. 그것을 계기로 야생 딸기포도나무와 달래가
자라기 시작했고, 부에나 풀과 민트, 여러 가지
허브들이 자라기 시작했다. 마치 자연이 예쁜 꽃
들뿐만 아니라 약초에도 많은 애정을 가지고 있
는 것처럼 그것들을 잘 길러내고 있었다.

이 작은 땅에는 나비와 빨간 점무늬 무당벌레,
귀뚜라미들도 찾아왔다. "귀뚤−귀뚤" 우는 지쳐
있는 도시의 귀뚜라미가 아니라 종소리처럼 "귀
뚤귀뚤귀뚤귀뚤" 4중창을 하는 귀뚜라미들이었
다. 그리고 커다란 나무들은 겨울에 부는 북풍으
로부터 어린 나무들을 지켜주는 바람막이가 되
어주었다. 이제 다시 찾은 에덴동산의 작은 땅
을 별들이 비출 수 있게 되었다.

휴경지에서 일어난 이 새로운 삶의 기적은 아
주 오래된 이야기이다. 고대 그리스, 대지의 여신
데메테르의 딸이었던 페르세포네는 하계로 끌려

가 오랫동안 잡혀있었다. 그 시간 동안 대지의 여신인 데메테르는 딸이 그리워 슬픔에 빠져 있었고, 그 바람에 대지는 점점 황폐해지고, 춥고 척박한 겨울이 계속되었다.

마침내 페르세포네가 지옥의 고역에서 풀려나 기뻐하며 대지로 돌아오자, 그녀가 맨발로 황량한 땅을 디딜 때마다 꽃과 풀이 피어나 사방으로 퍼져나갔다.

이번 작은 도시 숲을 통해서, 나는 난민이었던 수양 가족과 오래전 운명적으로 내 사람이 된 충실한 그를 생각했다. 하나의 고통이 다른 고통과 같이 오는 것은 우리가 흔히 말하는 '신의 계획과 사업'인 운명처럼 느껴진다.

내가 수양 가족에게 줬던 것은 잘 모르겠지만, 그들이 내게 준 것은 훨씬 더 많이 알고 있다. 사랑과 지혜를 일깨워주고, 내 안의 다듬어지지 못한 가치 있는 것들을 발견하여 갈고 닦도록 해주었다. 무엇보다, 사랑하기 힘든 사람을 포함하여 사랑이 필요한 세상 모든 사람들에 대한 존경과 사랑의 마음을 그들은 내게 가르쳐주었다.

인생을 살면서 내가 받은 가장 냉엄하면서도 강력한 가르침의 선물은 이것이다. 비록 찔리고, 비난받고, 상처 입고, 조롱당하고, 멸시당하고, 고문당하고, 초라하게 되고, 무기력하게 되어도 삶은 영원히 반복하며, 스스로 새롭게 시작한다는 틀림없는 사실이다.[13]

이것은 내가 정신분석 연구와 25년간의 임상 실습을 통해 배우기는 했지만, 죽음, 악마와 마주하기, 환생에 대해서는 누구보다도 많이 알고 있는 나의 사랑하는 사람들에게서 배웠다. 나는 그들이 꽤 오래전부터 여러 가지 면에서 삶에 대한 믿음을 빼앗겼다는 것을 알고 있다. 그들은 비어 있는 땅 아래에 에덴동산이 숨어 있고, 새로운 씨앗이 맨 처음으로 그곳에 와서 땅을 연다는 사실을 잘 알고 있는 사람들이다. 비록 그곳이 비통하고, 극심한 고통에 시달리고 비탄에 빠진 영혼이 있는 곳이라고 할지라도 말이다.

마음과 씨앗이 비어 있는 땅에 닿아서 다시 풍요로워지는 충실한 과정은 무엇일까? 그것은 내가 알고 있다고 감히 말할 수도 없는 엄청난 작용이다. 하지만 이것은 안다. 우리가 뭔가를 기다리고 있다는 것을 이해하지 못한다면, 우리 주변에 머물러 있는 것과 사랑하는 것들에 대한 이해가 없다면, 더불어 올바른 근거가 생길 때까지 기다려야만 완전한 존재가 될 수 있다는 것에 대한 이해가 없다면, 우리가 날마다 무엇을 할지 정하는 일은 우리의 일 중에서 가장 하찮은 일일지도 모른다.

나는 확신한다. 우리가 이 충실한 믿음의 힘을 가지고 있는 한 죽은 것처럼 보이는 것은 더 이상 죽은 것이 아니며, 잃어버린 것처럼 보이는 것은 잃어버린 것이 아니다. 우리가 불가능하다고 여겼던 것은 명백히 가능한 것이 되었고, 놀고 있는 땅은 쉬고 있는 것뿐이다. 쉬면서 모든 축복의 씨앗이 바람에 실려 도착하기를 기다리고 있는 것이다.[14]

그리고 그렇게 될 것이다.

기도

넘어지기를 거부하라.

만약 거부할 수 없다면

넘어진 채로 있기를 거부하라.

넘어진 채로 있기를 거부할 수 없다면

너의 마음을 들어 천국을 향하라.

그리고 굶주린 거지처럼

채워달라고 구하여라.

그리하면 채워질 것이다.

너는 넘어질 수 있으며

너는 일어나지 못할 수도 있다.

하지만 누구도 너의 마음을 들어

천국을 향하는 것을 막을 수는 없다.

막을 수 있는 자는 오직 당신뿐.

그것은 고통 한가운데에서 더욱 선명해진다.

좋은 일이 일어나지 않을 거라고 말하는 사람은

아직 귀 기울이지 않은 사람이다.

C. P. ESTEÉS

다이아몬드 소나무

I

할아버지가 춤추는 어린 손자와 함께
소나무 숲을 걸어간다.

저 소나무를 보거라.
모든 시련에도 살아남은
아름답고 붉은 소나무 껍질을.
반짝거리는 솔잎들을.

그래서 다이아몬드 소나무라고 부른다.
우리의 소나무 숲은 전부
침입자들한테 베이고 불타버렸지만
이 전사의 영혼을 가진 씨앗은
까맣게 불탄 씨앗은
푸른 싹을 틔웠단다.
마치 검은 다이아몬드처럼.

그리고 뿌리를 내렸지.
모든 숲이 타버린 후에도
기도하는 이들을 위해
투명하도록 맑은 보석처럼
다시 살아났단다.

이렇게 우리도 회복되었고
너와 다른 사람들에게
다이아몬드 소나무는 안식이 되었다.
우리 힘으로 다시 살아가기 위해
불타버렸음에도 불구하고
불타버림으로 인해
우리는 이제 예전보다 더욱
열려 있게 되었다.

지구 반대편,
북미 포코너스 지역
오래된 문화가 이어져 오는 또 다른 곳에서
부드러운 헝겊 모자를 쓴 할아버지가
협곡에 앉아

함박웃음을 짓는 손자에게
협곡 아래에 홀로 서 있는
키 큰 소나무를 가리킨다.
주황색 벽에 뿌리를 내리고
금빛 해의 리본을 휘감은 채
바람에 일렁이는 초록의 선물,
저 성스러운 소나무를 보거라.
수많은 풍파를 겪어온 불멸의 나무란다.
홍수를 겪고 눈물의 빛을 알았고,
불의 재앙을 겪고 메마름을 알았단다.
가뭄과 우박
된서리와 바람
번쩍이는 번개를 겪으면서
땅으로 휘어졌지만
나무는 여전히 서 있단다.

수백 년이 지나서도
여전히 그대로 서 있구나.
너와 나처럼
우리 가족처럼.

무슨 일이 있든지
여전히 성스러운 소나무는
진실된 마음
똑바른 시선으로
반짝이는 초록의 불빛을 켜고 있구나.

II

언젠가 다른 세상에서 살던
두 할아버지가
지구 한가운데 있는
오래된 소나무 아래서
만난다면?

마치 오래전에 잃어버린 형제처럼 만난다면?
자신들의 마음속에서 자란
아름다운 소나무 숲이
조상들의 오래된 소나무 숲이
광채나는 푸른빛으로 오래된 길을 비춰

그들의 길을 인도해준 것이라면?
만약 다이아몬드 소나무가
나무 그 이상이라면?
진심을 다해서 밤낮으로 부르면
영원히 생명을 구하고 생기를 불어넣어 주는
강력한 기도문으로서
지금까지 계속 불려지고 있는 거라면?

만약 누군가
다이아몬드 소나무를 향해
가호를 빌고, 찬양을 하며
애원의 기도를 한다면?
만약 먼 후손인 우리들도
오래된 소나무를 향해
기도하는 것을 이해하게 된다면?

여전히 소중한 푸른빛을 지니고 있는
다이아몬드 소나무는
모두가 진정한 자아로 가는 길에
푸른빛을 비춰준다네.

C. P. ESTEÉS

주석

1. 고국에서는 실용적이고 종교적인 다양한 이유로 예를 들면, 친구들은 "서로 사이좋게 지내야 한다"처럼 삶에 관한 특정한 이야기들이 있다. 우리 가족은 이러한 이야기들을 짜임새 있게 만들고 숨은 의미를 넣는 기교에 대한 지식을 수십 년간 어른들에게서 배웠다. 어린아이들은 어른들에게서 이야기를 들으면서 내적, 외적 관계에 대해서 귀를 기울인다. 어른들도 역시 그들보다 나이가 많은 사람들의 이야기를 비판적으로 들었고, 그렇게 이어져 온 것이다.

2. 나의 초기 이야기의 일부는 아버지의 누나이자 나의 위대한 멘토 중 한 명인 카티 고모와 끊임없이 우화를 주고받

는 것에서 발전되었다. 고모는 특히 성경에 있는 특정한 날들, 예를 들면 성스러운 날, 이름 짓는 날, 축제의 날, 의무의 날 등에 이야기를 하는 의식을 고수했다.

3. 이 이야기는 저자의 책 "The Creation of Stories"에서 발췌한 것이다.

4. 시가라는 뜻의 단어 szivar의 말장난.

5. 전쟁이 끝났다는 것은 단순히 '끝났다'는 뜻이 아니다. 첫 번째 전쟁은 전시 동안에 일어난다. 두 번째 전쟁은 훨씬 더 긴데 싸움이 끝났을 때 일어난다. 이 두 번째 전쟁은 수년 동안 계속되며 대부분 다음 세대까지 이어진다.

6. 이 수제 신발은 bockskorok이라고 한다. 얇은 가죽 밑창을 뜨개질한 구두 윗부분에 감치기로 엮는다. 그러면 걷고 있는 땅을 생생하게 느낄 수 있다. Bacskorok 한 짝으로 어느 쪽 발이든 신을 수 있다는 점이 어린 시절 나에게는 한없는 매력이었다.

7. 헥타르(hectare)는 약 2.5에이커(acre) 정도이다. 큐빗(cubit)은 약 20인치(inch) 정도이다.

8. 가족 중 많은 사람들이 기독교도가 1세기 혹은 더 거슬러 올라간 고대 유대 신앙에 뿌리를 두고 있다고 생각한다. 고국에서는 히브리인의 성향을 가진 개념들이 많다. 예를 들어 mitzvah의 개념은 축복인데 특히 누군가 사는 공간에 손님을 데려왔을 때 축복하는 것이다.

9. 요즘 시대에 시들해진 과일나무에 쇠못을 박아서 새롭게 태어나게 한다는 것은 많이 알려져 있다.

10. 내가 자연 치유 이야기를 배우는 견습이었을 때 했던 방법으로 어른들을 따라서 이야기를 따라 읽는 연습이다. 특정 이야기들 속에는 이야기를 이해해야만 알 수 있는 교훈이 있다. 따라 읽는 게 예스럽다고 생각할 수도 있지만, 이야기의 숨은 의미의 해설을 통해서 인생의 통찰력을 물려줄 수 있는 꽤나 세련되고 복잡한 방법이다.

11. 나의 가족 중 다수는 여자 아이를 교육시키는 것은 시간 낭비라고 생각한다. 하지만 할머니들 중 한 분이 당신은 읽지도 쓰지도 못하시지만 이 생각에 대해서 꾸짖곤 하시면서, 여자 한 명을 가르치는 건 가족 전체를 가르치는 것이라고 말씀하셨다.

12. 한스 크리스티안 안데르센의 이야기와는 많이 다르다. 그의 이야기가 훨씬 짧다. 그의 이야기는 나무가 불에 타는 데서 끝난다. 우리 가족의 부엽토에서 유래된 이 이야기는 기이하고, 고전에 대한 이미지를 정리하고 미화시켰다는 점에서 독특함이 있다.

13. 나를 키워준 난민이었던 수십 명의 가족으로부터, 마음 속 이야기를 하는 걸 통해 마음과 영혼에 받았던 상처와 슬픔을 치료할 수 있다는 것을 배웠다. 그때 당시의 유일한 아이였기 때문에 인생의 어두운 면과 회복력을 배

웠을 뿐 아니라 죽음에 대해서도 보통 나이가 많으신 분들이 알 정도로 자세히 알게 되었다.

14. 삼촌이 말한 고대에서 불어온 바람은 루아흐(Ruach)라고 한다. 삼촌은 루아흐는 히브리어로 '지혜의 바람'으로 인간과 신을 결속시켜준다고 말했다. 루아흐는 신의 숨결인데 영혼들을 일깨우고 되살려주기 위해 땅까지 뻗어 내려간다고 한다.

감사의 글

이 책은 내 유년기 가족의 습관이던 '이야기 만들기'에 바탕을 두고 있다. 나는 이것으로 아버지, 늙은 남자, 아이, 나무, 들판에 관한 이야기를 썼다. 지어낸 이야기처럼, 나의 수양 가족도 그 옛날 어디에선가 살았지만 지금은 기억 속에만 있을 뿐이다. 무의미하게 유럽 전쟁이라고 불렸던 그 전쟁과 풍족했지만 가혹했던 1940년대 후반에서 1950년대 시골 숲에서의 삶도 떠오른다.

이 글을 통해, 나의 사랑하는 양부모 요세프와 마르슈커, 그리고 그들의 18명의 형제와 자매들에게 감사의 마음을 전한다. 그중에서도 조바르 삼촌이 나와 가장 친했다. 그들의 배우자와 부모님뿐 아니라 그들이 사랑하는 사람들까지 포함하여 다양한 이유로 전장에서 살해당하고 전염병으로 죽은 사람이 62명이나 된다.

이제는 80~90대가 되었지만 기적처럼 살아 있는 10명의 어르신들과 지금은 편히 잠들어 있는 수많은 사람들이 내게는 변함없이 소중하다. 나는 그분들을 기리고 항상 마음에 품고 감사하며 살아간다. 지구상에서 그들 같은 사람들은 그들이 마지막일 것이다.

아이들에게 삼촌은 위대한 사람이라는 걸 알게 해준 톰 그레디에게도 감사의 마음을 전한다. 킵 콧젠에게도 여러 가지로 친절을 베풀어주어서 고맙다는 말을 하고 싶다. 사랑과 인내로 매일 나에게 큰 도움을 준 보기, 티제이, 후안, 루시, 버지니아, 체리, 찰리, 루이 모두에게 감사 인사를 전한다. 그리고 특별히 무엇이든지 다 해준 네드 리빗에게 감사를 표한다.

클라리사 에스테스Clarissa Pinkola Estés 박사는 국제적으로 호평을 받고 있는 시인이자 학자이다. 스위스 취리히에 있는 분석심리학 국제협회International Association of Analytical Psychology에서 자격을 취득하고 선임위원으로 활동한 분석심리학자이다. 그녀는 또한 히스패닉 전통의 Cantadora(전통설화를 보전하는 사람)이다. 에스테스 박사의 작품은 신화, 동화, 시, 정신분석 해설을 활용한 정신의 본질에 대한 획기적인 탐구로 유명하다.

그녀는 어렸을 때부터, 마자르 인이자 멕시코 인이며 이민자이고 난민 출신인 그녀의 친척 어르신들에게 '날마다, 과제마다, 시험마다, 기도마다' 구승을 물려받기 위해서 몰두하였다. 그래서 많은 이들에게 '대단히 풍부하고 독특한 목소리'라고 불릴 수 있었다고 믿는다.

에스테스 박사는 미국의 칼 구스타프 융 교육연구

센터의 전 상임이사였다. 그녀의 박사학위는 이문화 간 연구와 임상심리학으로, 개인적으로 25년간 학생들을 가르치고 환자들을 돌봐왔다. 그녀는 전 세계 18개국 언어로 번역 출간된 《늑대와 함께 달리는 여인들》을 포함하여 여러 작품을 저술하였다.

그녀는 11편 분량의 오디오 시리즈를 발간하였으며, 12부작의 라이브 공연 "상상 극장Theatre of th Imagination" 은 내셔널 퍼블릭 라디오와 퍼시피카 네트웍스를 통해 미국과 캐나다 전역에 방송되었다.

그녀는 오랜 실천주의자로 C. P. 에스테스 과달루페를 창립하고 이끌었으며, 이 재단의 초기 활동은 전 세계 분쟁 지역에 단파라디오를 통해 희망과 용기를 주는 이야기를 방송하는 것이었다. 평생 실천주의자로서의 활동과 저술로 국제라틴재단 MANA로부터 라스 프리메라스 상, 전국노동조합협회로부터 사회정의 부문 대통령 메달, 조셉 캠벨 페스티벌 Keeper of the Lore 상, 가톨릭 교회 출판협회상, 정신분석학 발전을 위한 전국회의에서 그라디바 상을 받았다.

에스테스 박사는 결혼해서 장성한 세 자녀가 있다.
그녀는 과달루페 재단La Sociedad de Guadalupe의 종신
회원이다.

옮긴이_ **김나현**

세종대학교 영어영문학과를 졸업했다. 좀 더 좋은 글을 많은 사람들과 함께 나누며 모두가 어제보다 더 나은 삶을 살아가기를 소망하면서, 현재 펍헙 번역 그룹에서 전문 번역가로 활동 중이다.

번역한 책으로는 ≪나만의 텃밭 가꾸기≫, ≪릴랙스 인 더 시티≫, ≪자신감 쌓기 연습≫, ≪피터 래빗의 친구들≫ 등 다수가 있다.

충실한 정원사

펴낸날	**2017년 11월 25일 1판 1쇄**
지은이	**클라리사 에스테스**
옮긴이	**김나현**
펴낸이	**정병철**
펴낸곳	**도서출판 휴먼하우스**
등 록	**2004년 12월 17일(제313-2004-000289호)**
주 소	**서울시 마포구 토정로 222 한국출판콘텐츠센터 420호**
전 화	**02)324-4578**
팩 스	**02)324-4560**
이메일	**humanpub@hanmail.net**

Copyright © 클라리사 핀콜라 에스테스, 2017, Printed in Korea.

ISBN 979-11-85455-11-2 03840

이 도서의 국립중앙도서관 출판시도서목록(CIP)은 서지정보유통지원시스템 홈페이지(http://seoji.nl.go.kr)와 국가자료공동목록시스템(http://www.nl.go.kr/kolisnet)에서 이용하실 수 있습니다. (CIP제어번호: CIP2017030304)

한국출판문화산업진흥원의 출판콘텐츠 창작기금을 지원받아 제작되었습니다.